El misterio Velázquez

El misterio Velázquez

Eliacer Cansino

Ganadora del Premio Internacional Infanta Elena 1992

Obra galardonada con el Premio Lazarillo 1997

Finalista del Premio Nacional de España de literatura juvenil 1999

Finalista del Premio CCEI 1999

Finalista del premio IBBY 2000

LIBROS DEL RINCÓN

HACHETTE
LATINOAMERICA

SECRETARÍA DE
EDUCACIÓN
PÚBLICA | SEP

Sistema de clasificación Melvil Dewey DGMyME

863
C356
2001   Cansino, Eliacer
            El misterio Velázquez / Eliacer Cansino. —México: SEP:
        Hachette Latinoamérica, 2001. 48 p.: il.— (Libros del Rincón)

        ISBN 970-18-7099-9 SEP

        1. Literatura española. 2. Novela. 3. Velázquez, Diego Rodríguez de
        Silva y, 1599-1660. I. t. II. Ser.

Primera edición SEP/ Hachette Latinoamérica, 2001

D. R. © Hachette Latinoamérica, S.A. de C.V., 2001
            Presidente Masarik 101- 402,
            Colonia Chapultepec Morales, 011570, México, D. F.

D. R. © Secretaría de Educación Pública, 2001
            Argentina 28, Centro,
            06020, México, D. F.

ISBN: 970-611-455-6 Hachette Latinoamérica
ISBN: 970-18-7099-9 SEP

Impreso y hecho en México

Para
Eliacer, Ángela y María José

*«Entre un problema y un misterio
hay esta diferencia: que un problema
es algo que encuentro, que hallo todo entero
delante de mí, pero que, por eso mismo,
puedo rodear y reducir, mientras que
un misterio es algo en lo que yo mismo
estoy comprometido.»*

Gabriel MARCEL

Primera parte:
La luz de Madrid

Capítulo primero

Aʜᴏʀᴀ, cuando miro la cruz del pergamino que
tengo guardado en la gaveta de mi escritorio, pienso que no
he podido vivir esta aventura extraña y misteriosa. A veces
me desvelo en las noches pensando que algo va a sucederme
y, asustado, me salgo al balcón para mirar el cielo, esperando ver en él alguna señal que me consuele. Pero el cielo
permanece en silencio, por más que yo ponga todo mi sentido en descifrar sus luces.

Mi amigo Juan Pareja me dice que olvide todo lo
que me ha ocurrido, que él mismo se ha prometido no hablar de ello aunque le torturen, y que por nada del mundo,
vea lo que vea y oiga lo que oiga, vuelva a hablar de lo
que hicimos aquella noche.

Pero yo no puedo evitarlo, pues desde hace unos días
siento en mí una extraña clarividencia, la sensación cierta
de que algo me ha hecho crecer más alto de lo que nadie
pueda pensar al ver mi figura. Por eso me he propuesto

contar aquellos sucesos ayudado de estos «cuadernitos de memoria», por si la fortuna quiere que algún día alguien los lea. Y para que todos sepan que Nicolás Pertusato no era sólo el que ven.

Quizá deba decir que nací en Alessandría de la Palla en l643 o l644. La incertidumbre sobre mi propio nacimiento se debe a la perniciosa manía de mi padre de querer ocultar mi verdadera edad, y a la confusión que creó en torno a los que podrían saberlo. Llegué a España hace ya diez años, pero cuando miro hacia atrás me parece que hubiera pasado un siglo. Apenas recuerdo nada de mis primeros años; sé que mi madre perdió su vida al darme la mía, y también que mi padre debió de ver en mí la causa de esa desgracia. Difícilmente puedo recordar su rostro; sí, en cambio, el de Marina, la mujer que me cuidó en aquellos días. Un sentimiento vago y diversas escenas que yo ordeno y desordeno con el pincel de la imaginación constituyen la sustancia de aquel tiempo.

Sólo creo ser fiel cuando recuerdo la mañana en que el destino comenzó a dirigir mi vida. Esta idea de que algo o alguien, sin mi voluntad, me lleva y me trae, ha encontrado tal eco en mi ánimo que hoy me es difícil desecharla. Pero entonces no lo pensaba. Ni podía pensarlo cuando me asomé al balcón y vi cruzar el patio de la casa a un desconocido que me hizo reír por la extravagancia de su casaca, y que momentos después supe que venía a llevarme para siempre.

Marina gritó desde el fondo de la casa, mientras yo me esforzaba en contener la risa al ver al presumido arreglando su pañuelo en el reflejo de un cristal:

–¡Nicolino, los zuecos!

«¡Los zuecos!», pensé con horror. Odiaba los zuecos. Marina me llevaba todas las tardes al jardín a ejercitarme con ellos. Mi padre se los había mandado hacer a un ingenioso zapatero, y éste había ideado el artificio que ahora me mortificaba: unos chapines a los que se podían añadir varias suelas de madera. Eran insoportables. A menudo los escondía para que Marina no los encontrara y evitar así tener que ponérmelos. Ella se azoraba cuando tenía que dar explicaciones a mi padre, pero tampoco se esmeraba en buscarlos. En el fondo, detestaba aquellos ingenios tanto como yo. Le partía el corazón verme arrastrar los pies por los salones con los tacos de madera, indeciso, torpe, como un insecto que hubiera caído sobre la superficie de un estanque.

Delante de mi padre tenía que ir con los zuecos.

–Así mantendrás la altura de los otros niños –decía–. Aprenderás a andar, por las buenas o por las malas. Hasta que no sepas dar diez pasos sin doblar los talones, no te pongas delante de mí.

Pero yo no estaba dispuesto a aprender. Ningún niño llevaba esas pezuñas de madera. Ni siquiera las niñas.

A veces, me tiraba al suelo y permanecía así hasta que Marina se cansaba de esperar, o me dejaba caer, una y otra vez, como un pelele al que se le doblan las piernas.

Ella sufría tanto como yo. Por eso, en la soledad, cuando me abrazaba e intentaba que riera para que me olvidase de aquel suplicio, solía decir:

–Aunque soy vieja no me importaría bajar todas las colinas de Roma con esos tacones, con tal de que a ti te dejasen tranquilo.

Aquella mañana había un revuelo inusual entre las mujeres. Marina iba de un lado para otro sin decir nada.

–Date prisa, date prisa –era lo único que repetía una y otra vez, sin mirarme, como si quisiera aligerar el trance sin tener que dar cuentas al corazón.

14

Por aquella actitud presentí que algo malo debía de ocurrir. Pero no protesté. Cuando un niño siente la gravedad del momento, no protesta por nada: se calla y obedece. Está seguro de que si se interpusiera con sus preguntas o caprichos ante la realidad, estallarían un montón de reproches, los golpes, la violencia de unas manos nerviosas que terminarían por decir que no era el momento de rechistar.

Me calcé los zuecos y dejé las piernas quietas mientras ella me ataba las cuerdas alrededor de las pantorrillas. Una destreza inusual me hizo ponerme en pie sin perder el equilibrio y, al tiempo que Marina me abría las puertas, me eché a andar.

Ese mismo año había recibido la comunión. O, al menos, eso me hicieron creer todos, pues yo siempre dudé que llegase a ingerir el cuerpo de Cristo. Recuerdo la entrada en la iglesia. Lo hice sin mirar a ningún lado. «La mirada fija en el sagrario», había dicho el párroco. Al hacer mi aparición, escuché algunos murmullos; sin embargo, a medida que avanzaba por el pasillo, se hizo un profundo silencio, tanto que comenzó a oírse el traqueteo de mis zuecos, como si a cada paso se quebrase el artejo de un enorme insecto. Preferí pensar que era un signo de respeto y no de curiosidad, como cuando había visto entrar al obispo. Llegué al altar y me colocaron entre los otros niños. Los murmullos se reiniciaron. El sacerdote comenzó la misa y yo permanecí con la mirada clavada en el sagrario hasta que una mano nos indicó a todos que habíamos de ponernos de pie. No recuerdo haber oído el Sanctus, ni las palabras del cura dirigidas a nuestras almas puras. Sólo recuerdo haber visto la mano con la oblea blanca que se acercaba a mi boca. En un esfuerzo por ser como los demás, me alcé con tal energía que, enganchado uno de los zuecos en la cencha del reclinatorio, perdí el equilibrio y fui a caer sobre el reverendo.

Éste, al verme, no supo si sujetarme y dejar caer el copón o salvar el copón y dejarme caer a mí. Pero no hizo ni lo uno ni lo otro y ambos rodamos por el suelo, enredados en el caparazón de su casulla.

Oí las risas y, por un momento, vislumbré la cara roja y colérica del reverendo, que aún permanecía debajo de mí. Fue sólo un instante, pero aterrador. Inmediatamente sentí su bramido y la patada con que me quitó de encima. Varios acólitos y los sacristanes corrieron en su ayuda, mientras yo permanecía abandonado en el suelo, deseando que la mente se me nublase como me había ocurrido en otras ocasiones. Pero no fue así. La mano de uno de los sacristanes me asió con violencia y me sacó del altar en volandas, abandonándome en brazos de mi aya. Mi padre, a esas alturas, habría desaparecido ya de la iglesia. De la mano de Marina recorrí el pasillo, con uno de los zuecos sueltos, cojitranco, entre las risas de unos y la conmiseración de otros, hasta que la buena mujer, sin poder aguantar más, me tomó en sus brazos y a duras penas me sacó de la iglesia.

Si tomé o no realmente la comunión no lo sé, aunque Marina me dijo que cuando llegamos a casa aún tenía un trozo de oblea en la lengua. Sin embargo, yo creo que me lo dijo para que no tuviera que volver nunca más a pasar por aquel trance. Pero eso fue a comienzos de año, y mi padre tampoco me lo supo perdonar.

Ahora me esperaba en su habitación. Marina me acompañó hasta la misma puerta y, antes de que entrase, me alisó nuevamente el pelo y, en un arranque de ternura, me abrazó contra su pecho. En ese instante sentí el pálpito de su corazón en mi mejilla y tuve la certeza de que no volvería a verla nunca más.

Cuando abrí la puerta, mi padre estaba de espaldas, mirando a través del ventanal.

–¿Eres tú, Nicolás? –preguntó sin volverse.

–Sí, padre, yo soy. ¿Me habéis mandado llamar?

Al darse la vuelta me di cuenta de que no me miraba, de que me hablaba con la vista ligeramente desviada hacia el exterior. Aquella actitud me hizo sentir aún más desdichado. Era la confirmación de que lo que fuese a ocurrir tampoco mi padre iba a evitarlo. Anduvo de un lado para otro de la habitación. Hablaba pero yo no le escuchaba, más empeñado en seguirle con la vista que en oírle. Sentí su poder inmenso, mi insignificancia frente a aquel cuerpo que se desplazaba de un sitio a otro cegando las ventanas a su paso. Entendí con claridad lo de «hacerme un hombre» y presentí que nada bueno se me venía encima. Esa frase, como una bofetada, la había oído en otras ocasiones, siempre aciagas. También escuché lo de España. Que tendría que vivir en España, y que eso era lo mejor que podía hacer por mí.

Sin mirarme ni atender a mi gesto, sin esperar palabra alguna que, por otra parte, yo no estaba dispuesto a pronunciar, abrió la puerta de la habitación e hizo pasar al caballero rubio que momentos antes había visto cruzar el patio. El hombre penetró hasta el centro de la estancia y se quedó mirándome. Su presencia era ridícula, extravagante: alto y delgado, con una melena casi rubia, y una indumentaria tan llena de brocados que más parecía un pavo real. Se acercó a mí y, rodeándome, me observó durante un rato. Después posó su mano abierta entre mis ojos, como si midiera alguna distancia con el meñique y el pulgar. Me acarició el pelo. Finalmente, se dirigió a mí.

–¿Cómo te llamas?

–Nicolino –dije con dudosa claridad.

–¿Hablas español?

–Un poco, *signore*.

–Nicolino –repitió el hombre, con deje afeminado–. En España te llamarás Nicolasillo. A ver, dilo tú: Ni-co-la-si-llo.

–Nicolasillo –repetí sin dificultad.

–Pareces listo. Aprenderás pronto la lengua más hermosa del mundo.

Mientras hablaba volvió a fijarse en mí.

–¿Qué llevas en los pies, Nicolino?

–Son zuecos, señor –contestó mi padre antes de que pudiese hacerlo yo–. Para que se haga más esbelto.

–¿Zuecos? Nunca había visto una cosa semejante –dijo el caballero–. Y he visto a muchos como él. A ver, anda hacia allá.

Caminé hacia el frente, intentando mantenerme enhiesto por no defraudar a mi padre.

–¿Te gusta andar con zuecos?

–No, señor –dije evitando la mirada de mi padre.

–Pues creo que no te harán falta. Precisamente no queremos que crezcas. Nos gustas así.

Fue la primera vez que alguien me decía que no deseaba que creciese y, aunque ignoraba sus motivos, aquella concesión a mi natural siempre contradicho me hizo sentirme fugazmente feliz. Después hablaron entre ellos mientras yo me desanudaba aquellos trastos.

Cuando salí de la sala el hombre me tomó de la mano. Nada más abrirse las puertas comprobé, tal como había intuido en el abrazo antes de entrar, que Marina ya no estaba allí. No hice intento alguno por llamarla, pues sabía con certeza que ya no volvería a verla. A mitad del pasillo miré hacia atrás y vi a mi padre frente al ventanal, vuelto de espaldas, como si no quisiera enterarse ya de mi porvenir. Entonces volví la cabeza al frente y, sin mirar más hacia atrás, me dirigí a la carroza en la que el caballero me indicaba que habíamos de subir. Una percepción interior me hizo concentrar mi atención en la mano del hombre que me guiaba hasta los patios. Era una mano huesuda, suave, pero que me apretaba, tensa, clavando en mi mano la piedra aristada de su anillo. Muchas veces después, a lo largo de mi vida, he vuelto a sentir en mi mano esa punzada, el recuerdo de la presión hiriente de aquella piedra dolorosamente preciosa.

Capítulo segundo

QUIZÁ no volveré a ver el mar. Sin embargo, cuando quiero pensar en algo inmenso y sorprendente, aún hoy rememoro la mañana en que llegué a Génova y tuve el Mediterráneo frente a mí.

Desde que saliera de Alessandría permanecí callado sin hablar con nadie, observando cuanto me rodeaba y tomando buena nota de lo que ocurría a mi alrededor. Me había prometido a mí mismo que no lloraría. Siempre me hacía esa promesa cuando pensaba que los demás iban a aprovechar mi debilidad para hacerme sufrir. Así que sólo cuando mi acompañante me hizo saber que ahora pertenecía a la casa del rey de España y que, probablemente, nunca más volvería a mi propia casa, tuve la sensación de que una fugaz lágrima corría por mi rostro.

–¿Lloras, Nicolasillo?

–No, señor, no lloro –contesté apretando fuertemente los puños.

–No tienes por qué hacerlo. Vas a vivir junto a otros como tú y, además, lo harás en la corte más poderosa del mundo.

Aunque con sus palabras aquel hombre parecía querer tranquilizarme, no sólo no lo logró, sino que aumentó mi inquietud. ¿Qué quería decir con que viviría con otros como yo? En aquel entonces, y exceptuando la rareza de los zuecos con la que mi padre me mortificaba, en nada creía diferenciarme de los demás. Por eso en Génova me esperaba una sorpresa que a mis siete años iba a cambiar mi manera de ver la vida.

En el puerto, el ajetreo era vertiginoso. Los galeones, que nunca antes había visto, estaban fondeados en los embarcaderos. Cuando llegamos a uno de los barcos, mi acompañante me ordenó que subiese. Salté y crucé el puentecillo. Una vez arriba, me pareció inmenso y, sobre todo, no podía imaginar que aquello fuese tan firme, casi tan quieto como la propia tierra.

Me adjudicaron un camarote y un marinero se encargó de llevarme hasta él.

–Acomódate –me dijo–. No puedes salir del barco. Ya sabes que zarpamos mañana.

En el camarote había varios jergones. Me senté en uno de ellos y permanecí así, sin saber qué hacer, durante un buen rato. Después, atraído por las voces, me encaramé a uno de los ojos de buey y contemplé el ajetreo del puerto. En los muelles había muchos hombres principales que departían en corros, a la espera de que cargasen sus mercancías, mientras observaban y daban órdenes a otros marineros que llevaban a cabo las operaciones de estibaje. Desde allí vi cómo uno de los mozos resbalaba y dejaba caer un bulto, y cómo uno de los señores vociferaba clamando al cielo por la torpeza con que eran embarcadas sus pertenencias.

Alrededor del barco, casi todos hablaban español y sólo algunas palabras sueltas llegaban a mi mente con entendimiento.

Debieron de pasar más de dos horas sin que nadie acudiera a donde yo estaba, como si se hubiesen olvidado de mí, hasta que, de pronto, oí unos pasos y, abriendo con fuerza la puerta, un niño irrumpió en mi camarote. Me quedé tan sorprendido que quienquiera que fuera se me quedó mirando también extrañado.

–¿Qué miras así? No voy a comerte.

Al punto me di cuenta de que no era exactamente un niño, sino un hombre, aunque de la misma altura que yo.

–¿Seguro que no has visto antes a nadie como yo?

Contesté en italiano que no le entendía. Entonces repitió en mi idioma:

–¿Nunca has visto a otro enano?

Pero yo no respondí, me limité a observarle y a verle ir de un lado para otro. Tiró el sombrero sobre un taburete y, dando un brinco, subió a uno de los camastros que estaban en alto, sujetos con cadenas.

–Entonces, ¿tú eres el que viene de Milán?

–Sí –me apresuré a contestar, al ver que había oído hablar de mí.

–¿Y te llamas Nicolás Pertusato?

–Así es, señor.

–¿Cuántos años tienes?

–Seis o siete, señor.

–¿Seis o siete? ¿No lo sabes?

–Creo que siete, señor.

–También yo tenía esa edad. Has tenido suerte de que viajemos juntos. Al menos, no tendrás que hacer el mico durante la travesía. Si no te acompañase yo, te harían subir a cubierta y tendrías que bailar y cantar hasta que se aburrieran. Voy a darte un consejo, muchacho: niégate desde el principio a hacer el payaso. Es la única manera de pararles los pies a todos esos mentecatos. Si cedes a sus presiones, después no lograrás hacerte respetar.

No estoy seguro de que le entendiera muy bien; sin embargo, me gustaba su manera de hablarme.

—Los primeros años son los más terribles, Nicolás. No olvides que no has de esperar nada que no hayas ganado tú mismo.

Aquel hombre se dirigía a mí todo el tiempo en italiano y, además, se hacía entender con facilidad. Por otra parte, el tono afable con que me hablaba me decidió a decirle:

—Señor, querría haceros una pregunta.

—Llámame Acedo. Todo el mundo me conoce así. Y aunque a mis espaldas me llaman *el Primo,* en la cara no son capaces de decírmelo. Ésa es otra cosa que debes aprender. Procura que no te pongan un mote ridículo, y si lo hacen, que no sea con tu consentimiento.

—¿Adónde nos llevan?

Mi recién conocido se incorporó en el catre en el que se había tumbado, echó abajo las piernas y se quedó en el estribo, balanceándolas. Miró al techo y respiró profundamente antes de contestar.

—¿Cómo que adónde nos llevan? Te llevan a ti. Yo voy por mi cuenta, Nicolás. Este viaje que haces tú ahora ya lo hice yo hace mucho tiempo.

Sacó una pipa y comenzó a cargarla con el tabaco. Tampoco había visto yo a ningún hombre hacer eso.

—¿De verdad nadie te ha dicho aún adónde vas? —preguntó, mirándome con fijeza.

—No, señor. Mi padre me mandó llamar y me puso en las manos del caballero que me acompaña.

—¿Del Castillo?

–Sí, señor, así he oído que le llaman.

–Menudo bribón. No ha cambiado. Sigue haciéndolo igual que siempre. Como si no fuéramos personas, como si ninguno de nosotros tuviese sentimientos.

De su bolsillo extrajo unos pedernales enfundados en cuero y comenzó a chasquearlos hasta que unas chispas prendieron en una hebra de cáñamo. La aplicó a la pipa y aspiró profundamente varias veces hasta lograr que pequeñas bocanadas de humo salieran de su boca.

–Y tú eres afortunado, ya que vas directamente a palacio; otros no encuentran quien les dé cobijo y después se ven abandonados a su suerte.

–No entiendo nada, señor.

–Pues yo voy a decírtelo. Alguien tiene que hacerlo, y mejor que sea yo. Pero prométeme que no llorarás, que no vas a darme el viaje llorando. Con lo que yo lloré en su día ya hubo suficiente para los dos.

Me hizo saber entonces que aquel hombre, Del Castillo, se encargaba de buscar allá donde fuese necesario a niños como yo, menguados de cuerpo, para la servidumbre de los nobles. Algunos iban destinados al Alcázar de los Reyes y otros pasaban a depender de caballeros o de damas que vivían en la corte. También reclutaba a negrillos y a otros que llamaban bufones. Estos últimos, según dijo, se fingían locos y por ello les permitían decir y hacer locuras que no habrían tolerado a otros. «Hombres de placer», dijo, «para que los demás se diviertan a nuestra costa.» Y al decirlo, escupió en el suelo con tal desprecio que pareció lanzar veneno de su boca.

Me sentí asustado de nuevo, sin entenderle, presintiendo que muchas cosas desconocidas iban a sobrevenirme. Entonces, airado, como si todas esas aclaraciones le hubiesen turbado el ánimo, dijo:

–Pero, mírame, mírame Nicolasillo, ¿te parezco yo a ti uno de esos que te he mencionado?

Me tomó la cabeza entre las manos y acercó su cara a la mía. Sus bigotes, tan cercanos, olían desagradablemente a tabaco.

–Escucha bien lo que voy a decirte y procura no olvidarlo: si eres listo, niño, si sabes ver donde los demás son ciegos y escuchar donde otros son sordos, si tienes fe en ti mismo podrás llegar a ser como yo. Pregunta por mí, anda, pregunta por Diego de Acedo cuando llegues a España. Y métete esto en la cabeza: yo fui un día igual que tú, un niño perdido y abandonado a su suerte, pero supe encontrar el camino. Y mírame ahora; nadie se atreve en toda España a reírse delante de mí.

Mientras me decía esto, me apretaba tanto la cabeza que, cuando se alejó, aún seguí sintiendo sus manos en mi cara y el olor a tabaco de su aliento.

–Quisiera entenderle, señor.

–Tampoco yo lo entendí hasta que tuve algunos años más de los que tienes tú ahora.

Volvió a tumbarse en el catre y se colocó la almohada sobre la cara, como si así pretendiera ausentarse del mundo.

Durante un buen rato permanecí en silencio sin querer molestarle, hasta que de pronto él mismo apartó la almohada y asomó desde arriba su cara por ver si aún seguía yo allí.

–¿Te enteraste ya de lo que querías saber?

–Señor Acedo –dije, pronunciando su nombre por primera vez–, ¿cuándo volveré a casa?

Mi pregunta debió de sacarle de quicio. Volvió a mirar al techo y expulsó todo el aire de los pulmones en un gesto de contrariedad.

–¿No te has enterado? No volverás a casa, Nicolasillo. No volverás nunca más a tu casa. ¿Te enteras?

Entonces me quedé aguantándole la mirada, con las lágrimas a punto de saltar, y le dije entre pucheros:

–Ya lo sabía, señor. Sólo quería que alguien me lo confirmase.

Capítulo tercero

EL viaje fue para mí un martirio. Tan pronto zarpamos y el barco comenzó a moverse, sentí que aumentaba mi sensación de fatiga, lo que me obligó a tener que sacar la cabeza una y otra vez por el ojo de buey e ir vomitando por la borda todo lo que guardaba en mi interior.

Pasé la travesía tumbado en el jergón, boca abajo, indiferente a cualquier incitación que intentase hacerme poner en pie. Los días y las noches pasaban sólo por el ojo de buey, que se tornaba claro, azul o negro según las horas del día, sin que yo atendiese a ninguna de sus transformaciones.

Sólo Acedo me visitaba de vez en cuando y me obligaba a beber agua, que no tardaba en vomitar, pues no había logrado probar ni una sola vez las gachas que un marinero dejaba todos los días junto a mí.

—Si no quieres comer, no comas —me decía—, pero no dejes de beber o no llegarás a España.

Aún hoy le estoy agradecido, pues sin su ayuda quizá no hubiese salido de aquel galeón en el que Del Castillo, el hombre que debía guiarme hasta España, sólo vino a visitarme una vez y, al verme tan desfallecido, me ordenó que no fuese a morirme, una orden que Acedo cumplió por mí.

En todo el trayecto sólo recuerdo un incidente que me hizo salir del camarote. Me hallaba mejor aquella mañana y Acedo había logrado que ingiriese una manzana y un tazón de leche, que después de algún tiempo permanecieron en mi estómago sin que volvieran a desear salir. A eso del mediodía, mientras él limpiaba la hebilla de su cinturón y yo permanecía en el suelo, observándole, oímos un enorme griterío en la cubierta. Daba la impresión de que los marineros jaleaban a alguien o se divertían entre ellos. Yo no me hubiera atrevido a salir, incapaz de alejarme, pero Acedo me dijo que le acompañara y así lo hice, porque ahora ya no quería separarme de él.

Cuando salimos a cubierta, vimos que en la proa un muchacho sufría las chanzas y las burlas de los marineros. Estaba descalzo, junto a la borda, y tenía delante de sí un cajón lleno de vidrios rotos. Al instante recordé que el aterrorizado muchacho era el mismo al que había visto dejar caer un bulto en el embarcadero de Génova. Un caballero, su amo y a la vez dueño de aquellos cristales, blandía una fusta en la mano con la que le intimidaba y de vez en cuando le golpeaba sin miramientos.

Acedo preguntó al contramaestre qué ocurría y éste le explicó que el criado, al embarcar, había dejado caer el baúl, y todo su contenido, una valiosa vajilla de Murano, se había hecho trizas. Ahora su amo le obligaba a pisar descalzo los cristales como quien pisa uvas, y sólo cuando viera correr la sangre se daría por satisfecho.

–Es una bestia –dijo Acedo.

–Es Marconi –replicó el contramaestre–. Vende cristales, y prefiere perder a un hombre antes que un jarrón.

El muchacho se resistía a entrar en el cajón y se agarraba a uno de los cordajes suplicando clemencia. El tal Marconi, al ver que no le obedecía y sintiendo tras sus espaldas las risas de la tripulación, y su voluntad quebrada, sacó la espada y le conminó:

–Está bien, tú lo has querido, majadero. O te metes en el cajón o saltas por la borda, ¡pero no quiero verte más!

El tono era tan agresivo y la punta de la espada tan amenazante que todos callaron al momento. Se hizo un silencio estremecedor y expectante. El muchacho, como un animal acorralado, buscó una salida con los ojos. Momentáneamente se cruzaron con los míos, en los que no debió de ver ayuda alguna. Y después se fijaron en Acedo. Fuera por eso o porque mientras el infortunado muchacho le miraba yo también le observé, Acedo gritó desde nuestra posición:

–¡Marconi! ¡Deteneos!

Y se fue hacia él, avanzando por la cubierta, mientras los marineros se retiraban a su paso. Viéndole ir, tan pequeño de estatura y con las piernas arqueadas, parecía que fuese a sufrir la misma suerte que el mozalbete.

–Es el enano de Olivares –oí decir detrás de mí.

–*Primo,* esto es asunto mío; meteos en vuestras cosas.

–¿Cómo me habéis llamado, Marconi del diablo?

–Don Diego..., perdonad, es la costumbre –se disculpó, lo cual me llenó de asombro. Pues no podía pensar, viendo a uno y a otro, que mi recién encontrado amigo tuviese tal imperio.

–No os metáis en esto –volvió a decir Marconi.

Acedo llegó hasta él y le habló algo que no pudimos oír. Marconi se quedó un momento mirando al muchacho y a Acedo. Los que estábamos allí permanecimos en silencio, esperando para ver qué hacía. Entonces levantó la fusta con una violencia que parecía haber querido descargar sobre mi amigo, golpeó furiosamente sobre la borda y, dirigiéndose al esclavo, le gritó:

–Quítate de mi vista y no vuelvas a ponerte nunca más ante mí.

El muchacho ni siquiera se movió. Acto seguido, Acedo le tomó del brazo y cruzó de nuevo con él toda la cubierta hasta donde yo estaba. Cuando llegó a mi lado, me dijo:

–Nicolás, llévalo al camarote y ocúpate de lavarle las heridas.

Aquella orden pareció restituir mi ánimo momentáneamente, pues era la primera vez que alguien me encomendaba algo como a una persona. Tomé de la mano al muchacho, que se agarró a mí temblando, como si le fuese la vida en ello. Al bajar, me crucé con Del Castillo, que estaba sentado sobre un fardo, observándolo todo, displicente, con su refinada indumentaria, como quien asiste a un entretenimiento.

–*Bene,* Nicolino –dijo a mi paso–. ¿Lo ves? Los hay más desgraciados que tú.

No sé por qué le sonreí. Quizá porque él y Acedo eran las dos únicas personas que podía reconocer en el barco.

Cuando entramos en el camarote y nos quedamos a solas, el muchacho se echó a llorar sin taparse la cara, de pie, junto a mí, inerme a lo que yo fuese a hacerle. Yo me volví de espaldas para evitar avergonzarle aún más. Era un joven mayor que yo y dos veces más alto. Tenía en el pecho las marcas de la fusta y un pómulo hinchado a causa de uno de los golpes. Por la espalda sangraba. Tomé un paño y lo mojé en agua. Al acercarme a él comenzaron a temblarme las manos. Entonces, el muchacho se puso de rodillas, con su cara a la misma altura que la mía. Y, sin entenderle, se inclinó hasta mis pies y pareció suplicar entre llantos.

No permitió que yo le curase. Tomó el paño y en un rincón, como un perro herido, comenzó a limpiar sus heridas sin dejar de llorar. Me miraba asustado. Yo no sabía qué decirle. Permaneció así todo el tiempo, hasta que logró contener su llanto. Ahora, ya no me miraba: con los ojos cerrados, parecía concentrarse en su dolor. Al verle en aquel estado, con el corpachón apaleado y la mirada aterrorizada, comprendí por primera vez la miseria del hombre, y cuando lo recordaba postrado a mis pies no dejaba de sentir un terrible escalofrío.

Cuando Acedo regresó, se puso de pie y volvió a postrarse ante él. Éste le hizo levantarse. Traía una jarra de vino y con él le ayudó a limpiarse las heridas.

–¿Cómo te llamas? –preguntó.

–Jerónimo Rodríguez, señor –musitó, con la voz quebrada.

–Desde hoy, Jerónimo, perteneces a la casa de Diego de Acedo. Sólo yo soy tu señor.

El muchacho lo miró con tal sorpresa que delataba su confusión. Después volvió a inclinarse, pero esta vez con el semblante transfigurado de tal manera por una sonrisa que parecía haber olvidado su dolor.

Un día, antes de desembarcar, y viendo que Acedo me mostraba cada vez más aprecio, aunque apenas nos hablaba ni a mí ni a Jerónimo, le pregunté:

–Señor, ¿cómo conseguisteis que Marconi dejara de pegarle?

Entonces me sonrió, complacido de que yo aceptase su magisterio.

–Debes aprender a conocer a los hombres, Nicolás; sólo así lograrás mantener a salvo tu vida. Y hay hombres, no lo olvides, que únicamente atienden al dinero. Conserva, pues, el dinero suficiente para que cuando topes con uno de ellos tengas poder sobre él.

–¿Qué le dijisteis cuando os acercasteis a él?

–Que estaba dispuesto a pagarle el precio de la mercancía y el precio del esclavo, si en ese momento me lo entregaba.

–Tuvisteis piedad de él y eso le salvó, señor.

–Eso creerán todos, Nicolás. Pero era otra mi intención. En cuanto tengas ocasión, y si la vida te pone enfrente esa oportunidad, hazte con un esclavo que te deba la vida. De esa manera habrás comprado una voluntad fiel hasta la muerte.

No entendí entonces muy bien lo que quiso decir. Y con el tiempo, cuando me pareció comprenderlo, no creí que hubiese sido del todo sincero, pues su manera de hablarme desmentía la frialdad de su intención.

Lo que sí advertí entonces, y no lo olvidaré mientras viva, es que nos hablaba de forma distinta a mí y a Jerónimo. Y que cuando me hizo esas confidencias, procuró que el muchacho no le oyera, como si entre él y yo existiese la diferencia que hace a un hombre señor y a otro esclavo.

Capítulo cuarto

—Ven y mira, Nicolás. Ahí tienes España.

Ni siquiera fui capaz de atender a los requerimientos de Acedo, por más que toda la tripulación se arremolinó en cubierta tan pronto divisaron las costas de Barcelona. Los últimos días los había pasado vomitando, presa del terrible mareo que me producía el vaivén del navío. Tendido en el camastro oí de nuevo que Acedo me llamaba:

–¡Nicolás, ven aquí, a la proa; mira cuánta gente sale a recibirnos!

No atendí. Jerónimo, que parecía haber encontrado la felicidad en tan sencillo trueque de amo, y que por su naturaleza se había recuperado ya de las heridas, se acercó hasta mí y me animó a salir subido a sus espaldas. Pero yo no se lo consentí. No tenía interés alguno en ver quién venía a recibirnos, ni qué se veía desde la proa del barco. De hecho, mi ofuscación era tal que lo he olvidado todo, y si alguien me preguntase por Barcelona le contestaría que nunca estuve allí.

Una nube de tristeza se me había ido adentrando en el alma, y aunque había decidido no llorar, sentí que poco a poco perdía las últimas fuerzas que me sostenían y me abandoné a una melancolía de la que tardé más de dos meses en salir.

A partir de aquel momento apenas me quedan recuerdos, ni de ciudades, ni de caminos, ni de personas; sólo la amarga sensación de abandono, el frío provocado por las calenturas y el cuerpo húmedo, agrio del sudor.

El trayecto por tierra, sin la compañía de Acedo y de nuevo en las manos de Del Castillo, fue interminable. Como si estuviésemos recorriendo el mundo, atravesamos bosques, eriales, campos cultivados, pueblos y aldeas. Todas las tardes, el sol se redondeaba frente a nosotros y unía su fulgor incendiario al ardor de mi frente, que, confusa, retornaba una y otra vez a las fiebres. Sólo al atardecer, entre las mantas, alzaba yo la cabeza y, por el ventanuco del fondo, fijaba mis ojos en el declinar de aquel universo de fuego. Seguía su redondez con la vista perdida, hasta verlo hundirse en la lejanía: entonces, todo el cielo se incendiaba con una luz potentísima y me mortificaba a mí mismo con la idea de que con él se hundía también mi vida.

Cuando llegué a Madrid, me pusieron bajo la custodia de Francisca Guijuelo, una mujer bondadosa a la que meses antes se le había muerto su único hijo y que derrochaba una ternura infinita con todos los niños. Era amable, inteligente y sencilla. Le ordenaron que dejase por un tiempo su labor en las cocinas, donde había cobrado fama de aliñar las mejores aceitunas del mundo, y que cuidase de mí hasta que saliera de aquel estado de mortecina inactividad.

El médico que me visitó al llegar a palacio apenas creyó necesario ningún cuidado especial, pues en vista de las fiebres pensó que no habría de llegar a Navidad. Atribuyó mi silencio al mal del garrotillo y ordenó que se me purgase con una melecina. Si a los siete días no había mejorado, recomendó que se hiciese cargo de mí el Hospital de los Desamparados y no se gastase más tiempo y dinero en mi cuidado.

Francisca escuchó al doctor como quien escucha al diablo, haciéndose cruces por detrás, y mientras él le hablaba inclinando la cabeza para mirar por encima de las lentes, ella me dirigió una mirada que debió de nacerle del corazón, en cuyo fulgor amable divisé la misma luz que otra vez viera en los ojos de Marina. Sin saber cómo, esbocé una sonrisa que sólo ella fue capaz de recibir.

Cuando el médico se marchó, Francisca levantó los ojos al cielo y exclamó:

—¡Dios bendito! ¿Y no está ciego ese matasanos? ¿Para qué quiere lentes en los ojos? ¿No ve que el niño no tiene más que tristeza? ¿No ve que se muere de pena el alma mía?

Y diciendo estas cosas, me tomó en sus brazos y me acurrucó en su regazo. Y yo sentí en su calor y en su olor a especias el abrazo de la vida.

—¡Al demonio con las pócimas! —dijo—. Tú lo que necesitas es comer y hablar con alguien que te entienda, vida mía. Ahora verás.

Salió de la habitación y volvió al rato con un hombre robusto, de carrillos muy sonrosados, que llevaba una faja blanca de la que le colgaban unos paños con los que se secaba las manos.

—Tommaso, corazón mío, dile a este niño algo que te entienda.

El hombre, sonriente, se sentó junto a mí y comenzó a hablarme en italiano. Yo no hice mucho aspaviento, pero por dentro sentí una gran alegría, y cuando me dijo que si quería unas *piolinas* esbocé una sonrisa de complicidad.

Me llevaron entonces a las cocinas, donde Tommaso parecía reinar entre pucheros y perolas, y me acomodaron un improvisado camastro entre dos sillas.

A partir de entonces me iba a pasar allí el día, al principio sin hablar y después pronunciando algunas palabras cuando mi paisano se arrancaba a entonar sin pudor alguna *canzonetta* napolitana. Pero, aun así, en ningún momento hice por saltar del camastro y ponerme en pie. Nada me animaba a hacerlo y, sobre todo, tenía un miedo incomprensible de que algo habría de ocurrirme si me atrevía a andar.

Fue entonces, uno de esos días, cuando entró el furrier con la camada de perros. Los soltó allí, en medio de la cocina, liados en un trapo, y ordenó a uno de los criados que llenase de agua un barreño hasta el borde. Cuando lo tuvo preparado, echó a los perros dentro. Desde el rincón en que me hallaba postrado los vi caer uno a uno. Eran seis cachorros recién nacidos, que se hundieron en el agua. Nunca lo había visto hacer, pero Tommaso se acercó y me dijo que era la manera en que el furrier se deshacía de las crías que sobraban en palacio.

—Si dejamos que cada perra conserve sus cachorros —comentó sin inmutarse ante la tímida queja de uno de los cocineros—, pronto veremos el palacio invadido de perros.

Al caer al agua, los perrillos comenzaron a chapotear desesperadamente, angustiados, intentando llegar a los bordes y asirse a ellos para no perecer, pero, entonces, el furrier colocó una tapa encima y los hundió definitivamente.

Por las bromas que cosechaba y el título de «asesino de perros» deduje que no era la primera vez que realizaba la cruenta operación. Algunos de los mozos de cocina se acercaron a verlo; no así Tommaso, que se apartó a la otra esquina, incapaz de soportar aquel ritual de la muerte de los recién nacidos.

Desde fuera, se oían unos chillidos agudísimos que hacían imposible soportar el lento suplicio.

Ocurrió entonces algo inesperado: uno de los perrillos, concentrando en su hocico todo el impulso desesperado de la vida, logró mover levemente la tapa, lo suficiente para enganchar las uñas y salir. Cayó al suelo, brillante como una bola de gelatina, espumeando agua, tosiendo y agitándose, ansioso de aire.

Al verlo, salté desde la silla hasta donde estaba el barreño. Cogí al perrillo y salí corriendo con él hasta el patio trasero. Tommaso, al verme en pie y corriendo, no pudo evitar una exclamación:

–*Dio santissimo, il bambino è tornato in vita!*

El furrier, sin entender, creyó que se refería al perro.

–¡Qué *tornato in vita* ni *tornato in vita!* ¡Trae acá el perro!

Yo, al ver que el furrier se venía hacia mí, me refugié con el perrillo detrás de Tommaso, quien se interpuso entre los dos.

–Un momento, *signore.* Deteneos. Dejadle el perrito. ¿No veis que el niño *è risuscitato?* Lo habéis logrado con vuestro perro. El Rey quiere que el niño viva, el niño quiere el perro para vivir y vos queréis que el Rey esté *felice, certo? Certo!* ¡Pues dejadle el perrillo!

Fuese por lo que fuese, el furrier consintió en no volver a hundir al cachorro en aquel barreño de la muerte y dejarlo en mis manos, con la condición de que fuera yo quien me hiciese cargo de su cuidado.

–¡Si lo veo suelto, lo mato! –amenazó.

Así que, de repente, me sentí de nuevo vivo, con un mastín entre las manos, al que llamé *Moisés,* porque también él fue rescatado de las aguas.

Salvado de las aguas, él; salvado de la melancolía, yo.

Capítulo quinto

De todos los beneficios que produce el olvido, uno de ellos es permitirnos mirar el presente con entusiasmo. Quizá por eso, y porque los recuerdos que aún me perseguían no me ayudaban a sobrevivir, un resorte interior me impulsó a olvidarlo todo. Sólo así, reiniciando mi vida sin lazos, como un hueso que cae a tierra y, olvidado del fruto al que perteneció, se esfuerza en echar nueva raíz y crecer por sí mismo, sólo así, digo, decidí en mi interior romper con mi pasado, acabar con mi indolencia y vivir, vivir en busca del aire más favorable para la travesía que ahora emprendía.

Ese primer aire me llegó de la mano de don Alonso Ortiz, el maestro con el que Su Majestad pretendía ilustrarnos a todos los criados de la Cámara. Una mañana vinieron a buscarme. El sumiller había ordenado que, una vez restablecida mi salud, se iniciase cuanto antes el aprendizaje que habría de conducirme hasta los Reyes. De esa manera fui asignado, junto a otros dos niños, al maestro don Alonso Ortiz.

Don Alonso era un hombre difícil, sin el don de la sonrisa. Tenía encomendado enseñarnos el protocolo y a leer y escribir, y dado que su trabajo dependía del éxito de nuestro aprendizaje, permanecía siempre nervioso, temiendo fracasar en su empeño. Apenas nos dejaba distraernos un momento, y únicamente cuando al cabo de dos o tres meses era capaz de adivinar nuestro progreso, aflojaba las cadenas del malhumor y se permitía cierto relajo.

La sala de la escuela daba al poniente. Casi todo el día se hallaba en penumbras y sólo al atardecer una luz roja se filtraba a través del ventanal e iba a clavarse en el rostro de un hombre que en un cuadro mostraba la bola del mundo. Al iluminarlo el sol, su cara parecía enrojecer como si aguantara la risa. Cuando don Alonso se daba cuenta de ello, sabía que era la hora; entonces, nos mandaba recoger las cosas y permitía que hablásemos entre nosotros hasta que el sol descendía un poco más e iluminaba también la mano del caballero que señalaba el globo terráqueo. Entonces decía don Alonso:

–Recoged las escribanías. Podéis marcharos.

Decirlo y salir atropelladamente corriendo hasta el patio eran una sola cosa. Allí saltábamos a piola, corríamos uno tras otro o gritábamos por el placer de oír las voces repetirse en el eco que dejaban las galerías. A esa hora solía haber un enorme trasiego; la guardia formaba en el patio central, mientras en las caballerizas los mozos de cuadra desenganchaban los caballos y les daban la alfalfa, que nosotros ayudábamos a poner en los pesebres.

Cuando el sol caía definitivamente, el palacio adquiría una dimensión desproporcionada y hostil. Todo se oscurecía. Aparecían los criados que se encargaban de las teas y velas, y comenzaban los aldabonazos en las puertas, las carreras por los pasillos hasta que, poco a poco, el silencio terminaba por instalarse en el Alcázar. Entonces, todos salían disparados en busca de sus ayas y yo iba a las cocinas, donde antes de llegar ya oía el redoblar de los almireces, el entrechocar de los cubiertos, las voces de los mozos que traían y llevaban los barreños con el agua caliente.

Lo primero que hacía era entrarme hasta el patio pequeño, donde en un cajón se hallaba *Moisés* adormecido. Con él en brazos, llamaba a voces a Francisca, mi «madre», que salía a mi encuentro y, antes de que pudiese respirar, me daba a tomar un vaso de leche con algunos dulces. Al verme tan feliz, animoso y lleno de vida, se contagiaba de mi felicidad, pero no podía evitar un sentimiento contrario, pues sabía que en el momento en que cumpliese los dos primeros años en palacio, dejaría sus cuidados y me llevarían junto al resto de los niños, a las órdenes del ayuda de Cámara, junto a los Reyes.

Con don Alonso, las cosas siempre fueron bien. Reconocía la inteligencia allí donde mostraba una brizna de fulgor, y de la misma manera que no me enorgullecía de mi cuerpo, no sentía reparo alguno en ufanarme de mi inteligencia y proclamar, allá donde fuese, que era el más aventajado discípulo de mi maestro. Eso me granjeó algunas enemistades, fruto de la envidia y, también, he de reconocerlo, de mi talante orgulloso, pues en aquel momento yo ya había declarado mi guerra personal al universo y hasta que los hechos no me mostraran lo contrario todos eran, sin más, mis enemigos.

Ya en el primer día procuré mostrar mi aptitud y disposición. Don Alonso me preguntó si sabía leer y escribir. Contesté que sí, y él puso en mis manos un librito para que le mostrase hasta dónde sabía hacerlo. Al punto advirtió que mis conocimientos del español eran nulos y que sólo con gran dificultad era capaz de unir las sílabas de aquellas palabras desconocidas. Al día siguiente, se presentó con un libro que estaba compuesto en lengua italiana y me lo hizo leer en voz alta. Al oírme, no salió de su asombro, viendo con qué facilidad y destreza decía aquellos versos, y me preguntó quién me había enseñado a leer con tal soltura. Contesté que un sacerdote milanés bajo cuya tutela estuve algún tiempo con la esperanza, si no de otros logros, al menos de servirle de acólito. Podía, pues, decir también oraciones en latín y ayudar a misa desde el *introibo ad altare Dei* hasta el *Deo gratias*.

Aquello le pareció tan bien que me pidió que le trajese aprendidos al día siguiente los versos que me había dado a leer. Y así fue como comencé a aprender de memoria los versos del Dante, que tanto hubieron de significar después en mi vida.

Durante aquel año me acompañaron en la escuela Manuelillo y Ana. Sobre todo Manuelillo, pues Ana fue siempre una niña enfermiza y aunque le hubiera encantado acompañarnos en nuestros juegos y travesuras, las más de las veces tenía que volver con su aya, y pasaba el día bordando o sentada al sol, intentando reponerse de aquella falta de sustancia en la sangre que la hacía tan blanca y tan frágil.

Manuelillo, por el contrario, era todo vivacidad, simpático, descarado, buscavidas; se había propuesto sobrevivir por encima de todo, y si el azar que le trajo con otros huérfanos de Zaragoza no le hubiese favorecido, a buen seguro que habría llegado a ser un pícaro de fortuna.

A diferencia de Anita, Manuelillo era un niño sano, llamativamente robusto y, según él, hijo de un importante caballero que no había querido ahijarle, pero que algún día vendría a otorgarle su paternidad. Ese sueño lo tenían muchos, pues de alguna forma les ayudaba a mantener su orgullo y a conservar la esperanza, tan frágil en la orfandad.

Si en fortaleza nadie le aventajaba, en cambio, carecía de cualquier facilidad para las letras. En realidad, odiaba tener que asistir a las sesiones con don Alonso, quien, a su vez, terminó por odiarle también a él. Veía don Alonso en Manuelillo el claro ejemplo de su fracaso, pues por más que se esforzaba permaneció siempre *in albis* sin provecho alguno. El uso de la vara, que don Alonso aplicaba con frecuencia, no sólo no acrecentó su interés, sino que, muy al contrario, aumentó su rebeldía y desgana.

En realidad, lo que a Manuelillo le gustaba era la guerra y no sentía más pasión que por las armas y los soldados. Don Alonso le había repetido mil y una veces que natura no le dotó para ello, pero fue tanta su perseverancia que, en cuanto pudo, solicitó entrar al servicio de un capitán de las caballerizas con el que había intimado. Y como don Alonso informase de su nula aplicación fue enviado a donde era su deseo. Volví a verle algunos meses después, antes de marchar con su capitán para Flandes, y no supe más de él hasta el día en que me llegaron noticias de que había muerto arrollado por el mismo caballo de su protector. Quizá porque fue el único niño con el que he jugado en mi vida, no he podido olvidarle y su figura perdura en mí como la de un David dispuesto a vencer a todos los gigantes del mundo.

Por aquel entonces, don Alonso ya había informado de mis progresos y el ayuda de Cámara me había visitado en dos ocasiones para tomar nota de los mismos. No le defraudé. Contesté adecuadamente a cuantas preguntas me hizo, y aunque mi destreza en las reglas de la matemática, así como en los principios de la escritura, se hacía notar, fue mi forma de hablar, sobre todo, y la facilidad para memorizar y recitar versos lo que más atrajo su atención.

Y fuese porque mi maestro vio en ello beneficios para mi futuro, o porque así se lo indicaron otros, desde aquel día me puso a aprender versos en tan gran cantidad que, a la postre, mi cabeza se llenó de tantas ninfas, Venus y ambrosías que más parecía Parnaso que cabeza.

Segunda parte:

Una oscura
presencia

Capítulo sexto

En los años siguientes, los sucesos que viví fueron los mismos con los que tropieza cualquier persona a lo largo de su vida y que, por ende, no tienen mayor relevancia que la de dejar constancia del paso del tiempo. Me convertí en el criado discreto que los Reyes esperaban de mí. Aprendí español con diligencia, me acomodé a los menesteres de palacio y tomé buena nota de cuanto había que saber para estar entre los sirvientes de los Reyes.

Pronto fui conocido por mi inteligencia y por la cordura que sabía poner en mis intervenciones, y con astucia y buena intención gané voluntades y aprecio. No obstante, y siendo tan intrincada y llena de simulaciones la vida en palacio, no siempre todos estuvieron de mi lado, ni yo pude estar del lado de cualquiera. Era preciso tener claras las jerarquías de fidelidades y, después, navegar con buena mano y mejor fortuna. Y eso hice durante todos esos años.

Conocí por entonces a una joven con quien trabé una profunda y duradera amistad. Se trataba de una muchacha que llevaba ya algunos años en palacio, muy favorecida de la Reina, extranjera también y con el mismo signo con que la naturaleza me había señalado a mí. Se llamaba Bárbara Asquín, y por aquel entonces ya todo el mundo la conocía por Maribárbola.

Maribárbola vivía en España desde hacía algún tiempo. Había aprendido con soltura su oficio y, aunque no había perdido el deje alemán que imprimía a sus palabras, se hacía entender con toda claridad. Si algo la caracterizaba era su capacidad para ver siempre más allá de lo que aparentemente significaban las cosas, fruto más que de su inteligencia, de una sagacidad nacida de la desconfianza y la incertidumbre a la que la vida le había sometido siempre. Eso le hacía mirar con recelo a cuantos desconocía y a mostrarse fría y altanera con aquellos que intentaban tomar diversión a su costa. Aunque tenía fama de hosca, yo le conocí tales arrebatos de alegría y un desvelo de bondad para conmigo que desmienten toda esa maledicencia. Su frase preferida, que murmuraba siempre en alemán, ante el desconcierto de los demás, era *man trägt das Licht in sich,* es decir, «la luz se lleva dentro».

También a mí me enseñó a buscar esa luz. Y aunque nunca alcancé para mí mismo la paz que ella era capaz de lograr, aprendí de sus palabras y de sus obras la manera de hacerlo. Si en alguna ocasión puedo permanecer ensimismado atendiendo a mi interior, a ella se lo debo.

Sólo recuerdo haberle visto perder el dominio de sí en una ocasión. Fue con la llegada de un mensajero alemán, natural de München, que fugazmente pasó por Madrid. Durante los días que permaneció en palacio, Maribárbola frecuentó su compañía, entusiasmada por las miles de historias que él sabía rememorar de su Alemania amada. Sin duda, aquel hombre tenía la habilidad de contar las cosas con una desusada amenidad, pero fue su cortesía tan viril la que hizo que Maribárbola se sintiese enamorada. Con seguridad que él ni siquiera pensó en ello cuando depositó en su mano una medallita que tenía grabada la silueta de la Virgen, pero ella la tomó como un tesoro y durante años se la vi llevar engarzada en uno de sus collares favoritos.

Gracias a Maribárbola conocí a Velázquez. La ocasión la deparó una de esas desgracias a las que los que son como yo estamos tan habitualmente expuestos.

Una noche en la que había habido fiesta en palacio, volvía yo a mi habitación tras buscar en el piso bajo remedio a un terrible dolor de muelas. Concentrado en mi dolor, traía un candelabro encendido para iluminar mis pasos. Al fondo de la galería divisé a tres hombres y al punto reconocí al conde de Aguilar entre ellos, el cual tenía sobrada fama de pendenciero. Ellos, al verme con el camisón y las luces, debieron de pensar que nada mejor que un bufón noctámbulo para acabar la fiesta, así que se escondieron y, no pudiendo evitarlos, al pasar junto a ellos, el conde me salió al paso y me detuvo con la espada en la mano.

–Detente ahí, alma en pena, fantasmilla errante, y danos cuenta de adónde te encaminas en el corazón de la noche.

Pronto descubrí, por la forma de hablar, que el conde estaba borracho, así como los otros dos que le acompañaban y que me rodearon para unirse a la chanza.

Uno me sujetó del camisón y tiró de mí hacia atrás. Otro me echó la capa por encima e hizo como si intentara atraparme.

–¡No te escaparás, bribón, lechuza noctámbula!

Me resguardé en la pared y a los tres les rogué por favor que me dejasen ir, que no era ni la hora ni la ocasión para andar con aquellas bromas. Pero ellos no me escucharon y siguieron su juerga. Fue entonces cuando el conde, con la punta de su espada, intentó llevar las cosas al extremo.

–A ver si el fantasmilla tiene «pajarillo» –dijo entre las carcajadas de la comparsa que le reía las gracias.

Tan grande era el malestar que me provocaba el dolor de muelas y el temor de no saber dónde irían a parar aquellas bromas que, tan pronto vi dirigir la punta de la espada a mi vientre, me revolví como un bicho y, sin pensarlo dos veces, lancé el candelabro contra el bromista. Debí de golpearle en la misma frente, pues el conde se derrumbó *ipso facto,* mitad por el dolor, mitad por la sorpresa con que respondí a su ataque. Los otros dos se quedaron paralizados, sin saber si atender al conde o ensartarme con sus espadas, y esa indecisión la aproveché yo para salir huyendo y adentrarme, sin luz, guiado únicamente por mi conocimiento de palacio, por un pasillo oscuro hasta mi alcoba. Desde allí oí las maldiciones de quienes me buscaban y los gritos de dolor de quien yo creía haber mandado al otro mundo con el golpe. Permanecí en absoluto silencio, procurando no ser descubierto, espantado bajo la almohada por la terrible desgracia que acababa de sucederme.

«¿Por qué, Dios mío, he sido tan vehemente?», pensé. Tendría que aceptar que todos darían la razón a aquel rufián, por más que hubieran de morderse la lengua para hacerlo. Y yo me había atrevido no sólo a defenderme, sino incluso a atacarle.

Cuando por fin cesaron las carreras, me asomé al ventanal. En la habitación de abajo había luz. Probablemente, Anita se había sobresaltado con los gritos. Hacía viento esa noche. En el jardín de la Priora, el ciprés más alto, blanqueado por la luna, se dejaba mecer hacia donde la corriente lo llevaba. Durante un rato fijé mi atención en el ápice de su copa. Yo tenía que ser como ese árbol, cuya fuerza residía en no oponerse frontalmente a la violencia del viento. Y, en cambio, me comportaba de modo estúpido, como un arbolillo engreído que cree que sus raíces podrán sostenerlo por sí solas firmemente en tierra.

En ese desánimo recordé el refrán que siempre decía mi padrino cuando erraba en sus hechos: «Tropezar y no caer, adelantar camino es.» Y pensé que, como fuese, tenía que sostenerme en pie y no dejarme abatir. En ese propósito regresé al lecho y, antés de dormirme, repetí una y otra vez el refrán, procurando apaciguar así mi inquietud.

Al día siguiente, aún no podía creer lo que me había sucedido. Acudí a las cocinas como si lo desconociera todo. Estaba aterrorizado de que, en cualquier momento, el conde de Aguilar o alguno de sus acompañantes me cercenase el cuello al doblar una de las esquinas. Pero pude comprobar que nadie hablaba de ello, como si en realidad nunca hubiese sucedido o nadie se hubiera enterado.

Me extrañó aquel silencio. Y, asustado como estaba, decidí ir a ver a Maribárbola para pedirle consejo. Llegué a su habitación casi temblando. Ella se hallaba inclinada sobre el joyero, ensartando piedras, una de sus aficiones preferidas. No hizo más que volverse y sólo con verme, el pelo hecho greñas, sin peinar, y la cara trémula, adivinó mi situación.

–¿No me digas, Nicolás, que fuiste tú quien anoche atizó con un candelabro al conde de Aguilar?

–¿De qué me hablas? –pregunté, intentando disimular.

–No te hagas el tonto. En palacio es difícil no enterarse de lo que ocurre.

–¿Cómo lo sabes?

–Anita escuchó anoche el tumulto y despúes les oyó hablar.

–Entonces debe de saberlo ya todo el mundo.

–No temas, nadie lo sabe aún. Y, además, sospecho que el conde de Aguilar no correrá la suerte de airear este asunto.

–¿Por qué dices eso?

–Aquí todo el mundo tiene algo que ocultar, Nicolasillo, y el conde no querrá que se sepa de qué nido venía a esas horas. Si tuvieras los ojos abiertos y los oídos atentos, en vez de dedicarte a hacer esas barrabasadas, te guardarías mejor las espaldas. Anita dice que, si hubiera sido por los que le acompañaban, habrían levantado las piedras hasta encontrarte, pero el conde les hizo detenerse. Su compromiso con una doncella de la Infanta le obliga a guardar silencio. No se arriesgará a dar publicidad a lo ocurrido.

–¿Entonces crees que no me buscará?

–No estoy segura. Aguilar es un hombre muy rencoroso. Por eso he pensado que será mejor que vayas a ver a Diego Velázquez.

–¿El aposentador?

–No encontrarás otro hombre en palacio dispuesto a echarte una mano. Él es el único que nos tiene un aprecio sincero. Lo ha demostrado en muchas ocasiones. Y, además, sé que detesta al conde de Aguilar. Piensa que hará infeliz a esa muchacha que él tanto quiere.

–¿Quién es ella?

–María Sarmiento, una de las damas de la Infanta.

–¿De verdad crees que Velázquez podrá ayudarme?

–Al menos no va a ayudar al conde, de eso estáte seguro.

–¿Y qué le digo?

–Dile sencillamente lo que te ha ocurrido. Y dile también que te he enviado yo. Si puede hacer algo por ti, te aseguro que lo hará.

Capítulo séptimo

Yo sabía que a Velázquez se le podía encontrar en el Obrador del cuarto bajo del Príncipe, por la tarde. Aprovechaba esa hora para pintar, cuando la luz del sol era más estable. Por la mañana acudía a sus obligaciones de aposentador. Daba las órdenes del día, hacía el recuento de las necesidades, informaba al furrier y a los despenseros, disponía las ceremonias... Después, cuando lograba que todo se pusiera en marcha, se retiraba al Obrador, tomaba los pinceles y trabajaba en sus cuadros.

Yo le había visto en muchas ocasiones, sobre todo en la antecámara del Rey, adonde solía ser llamado con frecuencia para departir con Su Majestad, pero nunca había hablado con él. Siempre lo había mirado con curiosidad y respeto, pues sabía que era uno de los hombres más estimados del Rey. Reflexivo, profundo, mesurado, se decía que don Felipe solía pedirle consejo en los asuntos más dispares y que, en muchas ocasiones, incluso lo seguía.

En cuanto a su arte, siempre le había tenido yo profunda simpatía por la manera y asiduidad con que solía pintarnos. Recién llegado conocí el cuadro de don Sebastián de Morra, por el que el maestro Alonso sentía una especial predilección, y que durante un tiempo permaneció colgado en las paredes de la escuela, junto al caballero de la bola del mundo. Pero, sobre todo, llevaba siempre en mi retina el retrato de mi padrino, don Diego de Acedo, que pude ver una tarde en la Galería del Cierzo y ante el que me quedé boquiabierto, porque parecía mirarme, serio, inteligente, con los libros y el ajuar de la Estampilla, como si me dijese: «Toma ejemplo, Nicolás.»

Llegué, pues, tras subir la escalera que conducía al segundo piso, a la antesala del Obrador y me aposté en el umbral por ver si se oía algo en su interior. Un pequeño tropiezo me hizo golpear la puerta.

–¿Quién anda ahí? –oí decir desde el interior.

Tímidamente empujé la puerta y asomé la cabeza.

Velázquez estaba al fondo, de pie, acompañado por otro hombre que se hallaba sentado y que, al verme, dijo:

–Hazle pasar.

–Pasad, quienquiera que seáis –dijo Velázquez.

–Señor, quizá interrumpo. Volveré en otra ocasión.

–No, acércate –me ordenó Velázquez–. A ti no te conozco. ¿Quién eres?

–Me llamo Nicolás, señor. Nicolás Pertusato.

–Ah, he oído hablar de ti. Tú debes de ser Nicolasillo, el milanés que vino mientras yo estaba en Roma.

Me acerqué algo intimidado. Era la primera vez que hablaba con Velázquez, y de cerca me pareció más severo que a distancia.

–¿Eres tú de quien dicen que eres repentista?

–Algunas invenciones puedo hacer, señor, pero sobre todo soy recitador.

–¿Y es verdad, como dicen, que sabes recitar la *Divina Comedia* en italiano?

–Sólo algunos cantos, señor.

El caballero que estaba sentado se incorporó y dijo:

–¿De verdad conoces ese libro? ¿Sabrías recitar algunos versos del «Infierno»?

–Dejad al muchacho –dijo Velázquez.

–Un momento, don Diego. Este niño despierta mi curiosidad.

–Vos no conocéis la curiosidad. Es un sentimiento que dudo mucho que poseáis.

–Pues lo poseo, don Diego, aunque vos lo dudéis. No olvidéis que la curiosidad es alimento de la tentación. ¿Recuerdas algún verso del «Infierno»? –insistió.

Me hablaba desde el fondo y no le veía bien la cara.

Pensé que era una buena ocasión de hacerme estimar ante un hombre principal como parecía, así que cerré los ojos, permanecí unos segundos en silencio y, cuando creí tener ordenados en mi memoria los versos más conocidos del canto, comencé con el tono grandilocuente y afectado que, según don Alonso, debía exhibir:

Per me si va ne la città dolente,
per me si va ne l'etterno dolore,
per me si va tra la perduta gente.

–Ah, esperad un momento, esperad a que me siente –dijo el desconocido, con tanto gozo que deseó acomodarse aún mejor–. Continuad.

Giustizia mosse il mio alto fattore;
facemi la divina potestate,
la somma sapienza e il primo amore.

Dinanzi a me non fuor cose create
se non etterne, e io etterna duro.
Lasciate ogni speranza, voi ch'entrate.[1]

–¡Ja, ja, ja! –rió el hombre muy complacido, mientras insinuaba quedamente un aplauso–. ¡Excelente! Me encantará oírte más a menudo.

–Cuando queráis, señor.

–¿Cómo has dicho que te llamas?

–Nicolás Pertusato, señor.

–Don Diego, quiero que Nicolás esté también en el cuadro. Aún habrá que decidir dónde. Pero debe estar. Es el único que se ha esforzado en conocer los caminos del infierno. Bien merece una recompensa en esa eternidad que buscáis, ¿no os parece?

–Si seguís imponiendo condiciones –dijo Velázquez–, no lograréis la obra que tan ufanamente me habéis prometido.

–Eso dejadlo de mi mano. Vos cumplid con vuestra parte.

El hombre tomó el sombrero y salió de la penumbra en la que se hallaba. Pasó junto a mí e, inclinándose un poco, volvió a decirme:

–A ver, recita otra vez el último verso, despacio.

No me hice de rogar.

–*Lasciate ogni speranza, voi ch'entrate.*

–Creo que sois un jovencito inteligente. Y no me explico cómo no he reparado antes en vos. Volveremos a vernos, Nicolás.

---

[1] *Por mí se va hasta la ciudad doliente, / por mí se va al eterno sufrimiento, / por mí se va a la gente condenada. // La justicia movió a mi alto arquitecto; / hízome la divina potestad, / el saber sumo y el amor primero. // Antes de mí no fue cosa creada / sino lo eterno, y duró eternamente. / Dejad, los que aquí entráis, toda esperanza.*

Fue la primera vez que vi a aquel hombre. Inmediatamente advertí que entre Velázquez y él no existía una relación afectuosa; más bien tuve la impresión de que un lazo indeseable unía a ambos. Pero si algo me sorprendió posteriormente fue mi incapacidad para rememorar su rostro. Una niebla disipaba sus rasgos en mi memoria, lo cual, dada mi capacidad de retentiva, me pareció extrañamente singular.

Cuando salió el hombre, Velázquez permaneció de espaldas a mí, mirando la luz que entraba por el único ventanal entreabierto. Después se dejó caer en unas jamugas y permaneció ensimismado. Sólo al cabo de un rato pareció darse cuenta de que yo aún estaba allí.

–¿Qué deseas? ¿Por qué has venido?

No sabía qué decir. Por el cansancio de su rostro, imaginaba que no era el mejor momento para hablarle de lo que me ocurría. Pero tampoco tenía mucho tiempo para dudarlo.

–Señor, Maribárbola me aconsejó que viniera a veros.

–¿Barbarica? En ese caso, dime. Pocas cosas podría negarle a esa muchacha.

Desconocía qué deuda tenía contraída con Maribárbola, pero aproveché el entusiasmo. Así que, de una vez, le conté lo sucedido e imploré su ayuda.

Cuando acabé mi relato, don Diego permaneció en silencio mirándome. Después se levantó y se colocó frente a un lienzo en el que había varias figuras abocetadas. Tomó el pincel y dio unas pinceladas. Sin mirarme, volvió a hablar.

–¿Has oído lo que ha dicho ese hombre? –parecía que no me había escuchado y seguía pensando en el caballero que acababa de salir–. Quiere que estés en el cuadro que voy a pintar. Has tenido suerte de venir en este momento, Nicolasillo, pues mientras él lo desee nada puede ocurrirte.

De todas formas, no se lo digas a nadie, y si alguien se atreve a acusarte, niégalo. Yo procuraré decir dónde estabas a
esa hora.

–Pero, señor, no desearía que por mi culpa...

–Olvídate, Nicolasillo, no es la verdad lo que ahora
importa. La verdad aquí no ayudará a la justicia y, por tanto, no seré yo quien favorezca una injusticia que beneficie
al conde de Aguilar. Si algo te ocurriese, mándame aviso.

–Gracias, señor.

Iba a salir cuando volvió a hablarme:

–Ah, y apréndete bien los versos que te solicitó Nerval. Pueden salvarte la vida.

Fue la primera vez que oí ese nombre: Nerval.

Capítulo octavo

Esa misma semana tuve noticias de que el Rey se había interesado por mí para posar en un cuadro. Fue mi padrino –desde hacía algún tiempo así llamaba a Acedo– quien me lo comunicó.

Alguien golpeó la puerta de mi habitación, gritando. Salí al pasillo a medio vestir, sin poder ver bien quién me llamaba, hasta que logré sacar la cabeza por el hueco de la camisa y vi a Maribárbola, con su cara blanca de nieve, dándome la noticia.

Volví dentro y procuré vestirme con celeridad. Elegí uno de mis mejores atuendos, un jubón de terciopelo y camisa con follados, pues el esmero en la indumentaria era una de las obsesiones de mi padrino: «No andes, Nicolás, desceñido y flojo; que el vestido descompuesto da indicios de ánimo desmazalado», solía decirme, repitiendo de memoria los consejos que don Quijote daba a su escudero, un libro que leía asiduamente, de un tal Cervantes, que pocos conocían y que Acedo ensalzaba siempre lleno de entusiasmo.

Aún andaba vistiéndome cuando apareció en mi alcoba Jerónimo, su criado. Le di un abrazo afectuoso. Al igual que a mi padrino, hacía casi un año que no le veía. Si antes era alto, ahora, además, había adquirido una redoblada corpulencia. Siempre que nos encontrábamos me recordaba la mañana en que nos conocimos en el barco. Me besó la frente.

–Ahora habláis español mejor que yo, don Nicolás.

–¡Qué alegría me da verte, Jerónimo!

Le hice pasar y, mientras me informaba de cómo les había ido en todo ese tiempo, terminé de arreglarme. Cuando al fin estuve listo, bajamos al lugar de la cita. Al entrar en el cuarto no vi a nadie, pero inmediatamente reconocí su inconfundible olor a tabaco que inundaba la estancia y pronto vi el humo que, como una chimenea, se elevaba tras uno de los butacones.

–¡Padrino!

–Ven acá –le oí decir–, ven acá, granuja.

Como siempre, era grandioso verle. Alegre, seguro de sí mismo, con el color verde resaltando en alguna parte de su indumentaria, como un tributo que pagase agradecido a la ilusión y al buen ánimo con que afrontaba la vida.

Había engordado desde la última vez que lo viera, y quizá esa redondez que la gordura aportaba a sus facciones le confería un aspecto más bonachón y templado, en contraste con el hervidero que siempre había sido.

–Padrino, qué alegría veros de nuevo.

–Ven a mis brazos, Nicolasillo.

Me abrazó fuertemente con grandes aspavientos, besándome una y otra vez con su peculiar afectuosidad.

–¡Cuánto has crecido, Nicolasillo! –dijo, alejándome con los brazos, como si contrastase mi altura con la de su recuerdo.

–¡Padrino, por favor! –exclamé riéndome–. No he crecido ni una pulgada desde la última vez que me visteis.

–¡Tonterías! ¿Cómo que no has crecido? ¿Quién se atreve a decir que no has crecido? Estás hecho un hombre, Nicolás. Ven acá y siéntate. Tengo muchas cosas que decirte y muy poco tiempo. Por eso te he mandado llamar con Jerónimo.

–¿Poco tiempo? ¿Acaso no vais a quedaros?

–Mañana parto para Sevilla.

–¿Tan pronto, señor?

–El Rey me ha encomendado un asunto de su interés. Es molesto viajar a Andalucía en estas fechas, en las que es posible derretirse por el camino. Pero yo mismo he solicitado del Rey ese encargo. Deseo volver a contemplar quizá por última vez esa ciudad. Bien sabes que allí conocí a la mujer más hermosa de cuantas puso Dios en mi camino, y no me gustaría morirme sin volver a verla.

–Señor, creo que os interesa más esa mujer que Sevilla.

–Las dos. No hay una ciudad como ésa, Nicolasillo. Y si el Conde Duque no hubiera muerto, me habría marchado con él bajo aquellos cielos.

–Cuánto me gustaría ir con vos, padrino.

–Tu puesto está aquí, Nicolás. Anda, cuéntame, ¿qué has hecho durante todo este tiempo?

Preferí no enturbiar su alegría contándole lo sucedido con el conde de Aguilar.

–Nada importante, señor, sobrevivir.

–¿Cómo dices eso? –se incorporó asombrado–. Mis noticias son muy otras. El Rey ha dado órdenes de que se cuide especialmente tu vestuario, piensa aumentar tus raciones y, además, tengo entendido que desea hacerte una merced que sólo a muy pocos sirvientes concede.

—¿Acaso piensa otorgarme también ración de nieve?

—Olvídate de esas fruslerías, Pertusato —siempre que quería espolear mi amor propio me llamaba así, Pertusato—. Deberías poner tu interés en otros gajes.

—Ya lo sé, señor. También Maribárbola me lo dice, pero, de vez en cuando, preferiría disfrutar de esas «fruslerías», como vos llamáis a esos pequeños goces. A ella, sin tanto esfuerzo, la Reina le ha puesto ración de nieve para este verano.

—Maribárbola sabe lo que se hace, y tú deberías aprender. No te quepa duda de que esa muchacha llegará lejos. Y tú, si fueras listo, deberías pensar en casarte con ella cuando fueses un hombre.

—Si se enterara le daría un ataque de risa. Pero dejemos las bromas. ¿De qué dignidad me hablabais?

—El Rey quiere que estés en el cuadro que va a pintar Velázquez.

—¡Por todos los cielos! ¿También el Rey?

—¿Cómo que también el Rey?

—Parece que ahora les ha dado a todos por que yo aparezca en el cuadro de Velázquez. Hace unos días también lo exigió el huésped ese que llaman Nerval.

Vi que mi padrino se sentía confundido al oír aquel nombre.

—¿Nerval? ¿Qué sabes de él?

—Sólo le he visto una vez en casa de Velázquez y Maribárbola me dijo que cree que es un enviado del Papa que viene a encargar algún retrato.

—Tengo que confesarte que ese extranjero me tiene confundido.

–¿Por qué decís eso?

–Fue él quien le insinuó al Rey que deberías estar en ese cuadro. Durante más de una hora estuvo hablando con el Rey de pintura. Y algunas de sus ideas parecieron complacerle. ¿De dónde le viene esa influencia? ¿Cómo es que ha llegado a palacio y todo el mundo se pliega a sus deseos?

–Debe de ser un caballero principal, pues también Velázquez parece dejarse guiar por él.

–Pues a mí, será que más sabe el demonio por viejo, me parece un intrigante. Deberías cuidarte de él. Aunque tampoco le hagas ascos a la fortuna de haberle caído en gracia.

–¿Es ésa la sorpresa que me reservabais?

–¿Te parece poco? ¿Acaso te has vuelto a la infancia hasta preferir esas fruslerías de la nieve?

–A nadie le amarga un dulce, padrino.

–Tienes la insufrible virtud de buscar salida para todo. De momento, presta atención, aguza tu entendimiento y procura que nada ponga en peligro tu presencia en ese cuadro. Es un paso para la Cámara y no puedes desaprovecharlo.

Se levantó y, agarrándome de la mano, tiró de mí, con su prisa habitual. Me hizo acompañarle hasta la Estampa, donde había de recoger algunos documentos, y por el camino no dejó de aconsejarme una y otra vez sobre mi futuro, como si en su sabiduría de viejo atisbase que algo importante me estaba ocurriendo.

Capítulo noveno

Dos días después de mi encuentro con Acedo, fui llamado por el rey Felipe. Un revuelo inusual se formó a mi alrededor, como si aquella llamada fuera a cambiar no sólo mi vida, sino también la de todos aquellos que en torno a mí procuraban mi progreso con sincero interés. Mi aya, Francisca Guijuelo, pareció volverse loca de contento. Y durante todo el día anduvo preparando los ropajes de terciopelo y aderezando los encajes de los puños y el cuello. Decidió que vistiese de color rubí, que, según ella, daba más seriedad y nobleza a mi figura, y anduvo toda la noche sin coger el sueño por temor a que se nos pasara la hora de la audiencia.

El mismo don Alonso, que tan seguro se sentía de mis aprendizajes, se presentó de inmediato en palacio, en plena noche, tras haber llegado a sus oídos que el Rey, inesperadamente, había solicitado mi presencia. Estaba nervioso, con la color demudada, y mientras yo lavaba mi cabello, no dejaba de hacerme observaciones sobre las preguntas que podría recibir de Su Majestad y cómo, según él, debía responder.

Tal interés y desazón percibí en todos, que acabaron por ponerme nervioso también a mí, como si de aquella entrevista dependiese el curso de mi vida. Y en verdad que, visto con el paso del tiempo, no sé si reconocer que tal vez la cambió.

El Rey me recibió en su Cámara, cosa ya anormal entre los criados, a los que hablaba al vuelo y nunca con audiencia. Antes de entrar, el gentilhombre de Cámara me habló con una atención desusada, como si de repente me hubiese convertido en alguien importante, y me aconsejó que contestara todo cuanto el Rey me preguntase con discreción y verdad. Que no fuera presuntuoso, ni pretendiese buscar la respuesta más conveniente, sino sólo aquella que respondiese a la verdad, pues el Rey, por encima de cualquier otra cualidad, buscaba la sinceridad de sus súbditos.

Yo ignoraba el porqué de tanto requilorio, tanta prevención y desasosiego; y aunque no se me ocultaba lo anómalo de ese deseo del Rey por conocerme, no sabía cómo iba a comportarme de forma distinta a como lo hacía diariamente, pues mientras unos me pedían afectación, otros me aconsejaban naturalidad.

La entrevista duró acaso diez minutos. Cuando entré en la Cámara, el Rey se hallaba sentado en su sillón. Parecía esperar con expectación mi presencia por la manera en que me miró. Frente a él hice las tres reverencias que don Alonso me había recomendado con tanta insistencia, sin fijar los ojos en su persona. Cuando por fin levanté la cabeza y vi su rostro, sentí una turbación inesperada. ¡Dios mío, era el Rey! Su cara me pareció inmensa, muy blanca, con los labios intensamente rojos y los ojos claros, clavados en mí. En aquel instante creí que era distinto a todos los hombres que había conocido, como si la majestad se le transluciese en todo su cuerpo, en su indumentaria, en su forma de hablar, en el movimiento de unas manos blanquísimas que parecían llevar llamas en las puntas de los dedos. Sin desviar la vista, me preguntó cómo me llamaba y desde cuándo estaba en palacio. Yo dije mi nombre con claridad, como me había enseñado el maestro Alonso, pues, según él, la seguridad con que decimos nuestro nombre refleja la firmeza de nuestro carácter.

Le extrañó a Su Majestad no haberme visto durante todos esos años y yo le contesté que andaba ocupado en mi aprendizaje y que aún no había entrado a servir en la Cámara. Entonces vino a preguntarme si era verdad que había tenido algún tropiezo con unos nobles de palacio, lo cual me sobrecogió de tal forma que pensé que ésa era la razón por la que me había llamado. Intenté una disculpa, aunque inmediatamente, para más desconcierto, fui interrumpido:

–Pero ¿acaso intentas enredarme también a mí? –dijo en un tono agrio que me hizo temer lo peor–. Si quieres estar a mi lado, niño, tienes que contestar todo lo que yo te pregunte. Tú no eres más que una prolongación de mis ojos y mis oídos. Y sólo si es así, si realmente eres el ojo por el que veo y el oído por el que oigo, podrás continuar en palacio. ¿Entiendes?

–Entiendo, Majestad.

–Me han dicho que agrediste a unos caballeros.

–Sólo pretendía escaparme, Majestad.

–¿Escaparte de qué?

–De sus burlas, Majestad.

–¿Tanto te ofenden las burlas?

–Según de quien vengan, señor –contesté, intentando no parecer insolente.

–Poco cuerpo para tanto orgullo, ¿no te parece?

No quise responder y permanecí en silencio, con la cabeza agachada, esperando que él decidiese. Entonces, jamás lo olvidaré, se allegó hasta mí y poniéndome la mano en la frente me obligó a levantar la cabeza.

–Si quieres estar a mi lado deberás guardarte el orgullo.

–Señor, haré todo lo que Vuestra Majestad mande.

Lo dije así, tal como me había insistido don Alonso, con la cabeza levemente agachada, pero con una emoción sincera que debió de traslucírseme.

–¿Sabes que el maestro Velázquez me ha pedido permiso para pintarte en un cuadro? ¿Te gustaría?

–Majestad, creo que no merezco esa merced.

–¿Quién te enseñó a hablar así?

–Don Alonso, señor.

Se echó a reír.

–Ese Alonso terminará haciendo príncipes a los criados. Desde mañana, Nicolasillo, vivirás con Velázquez. Estarás bajo sus órdenes y a su servicio hasta que dé fin al cuadro. Después, ya veremos qué se puede hacer por ti.

Tomó la borla del llamador en su mano y tiró de ella. Se abrieron las puertas y acudió el gentilhombre. Al despedirme, el Rey posó su mano sobre mi cabeza y dijo:

–Nicolás, alguien me ha dicho que tú serás el último de todos nosotros y podrás verlo y contarlo todo. Así que anda con los ojos bien abiertos para cuando precise de tu información.

Cuando salí de la Cámara me pareció que era otra persona distinta a la que había entrado. Aquella frase con la que me había despedido Su Majestad, y que no lograba entender, no la había escuchado sólo yo. Igualmente la había oído el gentilhombre de Cámara, que se hallaba en aquel momento allí. Éste la comunicó como un chisme al camarero mayor, y éste al sumiller, y el sumiller al ayuda de Cámara, quien fue con la historia al aposentador, José Nieto, que fue el primero en preguntármelo.

–A ver, Nicolasillo: ¿por qué el Rey te dijo eso? ¿Qué quiso decir con que tú serías el último, el que habrías de contarlo?

José Nieto no era hombre de mi simpatía. En varias ocasiones había recriminado a mi maestro la liberalidad con que me trataba, y una y otra vez le había insistido en que debía esforzarse más en domeñar mi orgullo. En realidad, a través de mí intentaba clavar sus dardos en mi padrino Acedo, pues en el fondo seguía creyéndole el causante de la locura en que vino a caer su antecesor, Marcos de Encinilla, el que mató a su mujer, y cuya historia aún perseguía infundadamente a mi padrino.

Por eso permanecí callado, sin contestarle, y porque yo mismo no acertaba a comprender bien qué me había querido decir el Rey.

Nieto mantuvo aún su paciencia en los límites de la cortesía y con falsa amabilidad volvió a hablarme:

–Nicolás, eres aún un niño y por eso crees que lo que el Rey te ha dicho te pertenece a ti solo. Pero has de saber que, entre criados, es nuestro deber ayudarnos, decirnos los unos a los otros las noticias que puedan influir en nuestras vidas. Y quizá, sin que tú te des cuenta, lo que el Rey te dijo puede servir a otros de ayuda.

Continué callado, intentando, eso sí, no exasperarle, pero dispuesto a no soltar prenda.

–También yo sé cosas –dijo ahora, enrojeciendo de ira al ver mi persistente silencio–. Sé que el conde de Aguilar anda buscando a un enano que intentó desfigurarle la cara y sé, además, quién fue ese enano. Ya ves: los criados podemos ayudarnos, a veces con la palabra, pero también con el silencio.

Toda la vileza de su alma reapareció en la malévola insinuación. Usó la palabra «enano» con la crueldad que le era habitual, con el mismo desprecio con que desde hacía años venía malqueriéndome.

Unos días antes, esa insinuación me habría hecho temblar, pero ahora era un arma inútil, sin posibilidad de alcanzarme, pues el mismo Rey, con su audiencia y protección, era ya un escudo contra cualquier ataque. Por eso no respondí tampoco a su amenaza y sólo abrí la boca para decir:

–El Rey me ha comunicado que a partir de mañana iré a vivir con Velázquez a la Casa del Tesoro; quiere que esté allí mientras pinta el cuadro que prepara.

Solicité su permiso para marchar, y al ver que nada conseguía de mí, se dejó llevar por la cólera:

–¡Tú, sabandija, vas a durar muy poco en palacio! ¡Te estás haciendo muchos enemigos!

Pero tampoco eso me intimidó, pues el mismo Rey me había augurado larga vida en palacio, y la amenaza de Nieto no pasaría de ser una barrabasada.

Capítulo décimo

A<small>L</small> día siguiente me trasladé a la que llaman la Casa del Tesoro, cercana al jardín de la Priora, donde vivía Velázquez. Y a partir de ese momento comenzó uno de los periodos más extraordinarios y vertiginosos de cuantos hasta hoy he vivido. Tres meses en los que una extraña urdimbre de sucesos fue colocándome en el centro de un acontecimiento inesperado. Meses en los que nunca entendí bien qué ocurría y que sólo ahora refiero con otra convicción, porque el tiempo y los hechos, a la postre, me han hecho comprender.

Velázquez me acomodó en la parte baja de la casa, desde donde se ve el patio de las cocinas y en el mismo cuarto donde en ocasiones había dormido Juan Pareja, su esclavo, ahora felizmente manumitido y que por ello había alquilado habitación fuera de palacio, aunque todos los días asistía con Velázquez a su trabajo del Obrador.

Allí conocí a doña Juana Pacheco, esposa de Velázquez, mujer sensible donde las hubiera, pero a quien el
peso de las responsabilidades de su marido había obligado
a mantener siempre tal estado de vigilia y atención que apenas si tenía ocasión de mostrar su sensibilidad y buenas dotes para las artes, pues, además de la pintura, tocaba con
gran desenvoltura el laúd. Bajo su aspecto de rusticidad se
adivinaba una mujer culta y con gran juicio artístico, aunque sólo en privado y en contadísimas ocasiones solía dar
muestras de ello. Conservaba un dejo de su habla materna
andaluza, mucho más notorio que en su marido, lo que la
dotaba de una gracia singular.

Durante el tiempo que viví en aquella casa, doña Juana mostró una inquietud exagerada. En realidad fue aquel
desasosiego el que en los primeros días confundí con alguna aversión personal. Pues nada más llegar, me di cuenta de
que mi presencia allí no era de su agrado. A cada rato venía
yo oyéndole repetir aquello de «no cabíamos en casa...». Lo
decía por mí, pero también por Nerval, que en aquellos días
entraba y salía a su antojo como si de un miembro más de
la familia se tratase.

Recuerdo que en una ocasión, confundido aún por el
desconocimiento de las dependencias, subí a la Bovedilla y, al
cruzar ante la que después supe era la alcoba de mis protecto-
res, oí a doña Juana decir a Velázquez que o se llevaba al niño
o se llevaba al «fúnebre», pero que dos eran demasiados para
darles de comer y cuidar de sus ropas. Pensé que con lo del
«fúnebre» se referiría a Nerval, lo que, la verdad sea dicha,
era la manera más acertada de llamarle, por más que yo detes-
te en mi corazón los motes que tanto me hacen sufrir. En
cuanto al niño, no había duda de que se trataba de mí.

Aquello me dolió; pero, precisamente por ello, procuré desde ese mismo día ganarme el afecto de doña Juana,

y con mis buenos recursos de interpretación que ya venía ejerciendo, pues desde los primeros días en palacio me di cuenta de que el afecto de los demás era la garantía de mi vida, intenté que trocase aquella aversión en cariño. Y no me fue difícil, a decir verdad, pues a las pocas semanas, con el trato, el corazón de doña Juana se enterneció poco a poco tomando el calor preciso del afecto. En cambio, respecto a Nerval, su animadversión creció hasta el aborrecimiento. Y ese desprecio estuvo a punto de arrastrarme a mí con él.

En cierta ocasión, hallándome yo en las cocinas tratando de secar unas calzas junto al fogón, vi que ella dibujaba en un papel. Sin desviar la mirada de donde la tenía puesta, me preguntó si no echaba de menos a mi madre. Yo le contesté que a cuál. A lo que ella volvió a preguntarme si por acaso tenía yo más de una madre. Yo le dije que en mi vida había muchas mujeres. Ella se echó a reír. «Ni que fueras un don Juan», dijo. «Pregunto por tu madre, no por otras mujeres», insistió. Y yo, a mi vez, volví a responder que esas mujeres a las que me había referido eran mis madres, que incluso ella lo era ahora, y que cuando tuviese que dejarles la echaría de menos. Retiró entonces el papel de su vista, alargó la mano y se lo alejó del rostro. Volvió a llevarlo hacia sí y pintó otra vez. Después lo cotejó de nuevo.

–Ven aquí y mira; a ver qué te parece.

Ante mi sorpresa, me di cuenta de que me había estado dibujando y me maravillé de la verdad y dulzura con que había reflejado mi perfil en aquel papel. Tan bien me pareció que no se me ocurrió otra cosa que decirle que pintaba como su marido, a lo que ella se apresuró a decir que ni se me ocurriera mencionarlo y menos delante de don Diego, que le tenía prohibido hacer muestras de su don.

Le pedí que me dejase conservar aquel retrato, y al contestarme supe que ya lo había pensado.

–Nicolás, si quieres conservar el dibujo tienes que hacerme un favor.

–Pedid, señora.

–Como parece que vas a estar mucho tiempo con mi marido, me gustaría que me contases qué habla con ese Nerval en el Obrador. Adónde van por las tardes y qué fascinación ha producido ese extraño en el bueno de don Diego, que parece ver sólo por sus ojos.

Me sorprendió la confidencia, debo decirlo. Peró presentí, aún sin mucha claridad, que esas confidencias, la posesión de revelaciones de unas y otras personas, me otorgaban cierto poder con respecto a ellas. Y recordando lo que tantas veces me dijera mi padrino, «escucha en todas partes, habla sólo de lo que te sea favorable», acepté la encomienda.

Me regaló doña Juana en aquellos días, al ver mi gusto por la escritura, además del dibujo, un pliego de papel que ella misma había doblado en octavas y después cortado y cosido por el lomo: un cuaderno que podía llevar conmigo a cualquier lugar. Y como era mi deseo desde los tiempos de don Alonso escribir cuanto me ocurría, aproveché el regalo para intentarlo y de ahí la costumbre que hasta hoy he conservado de poner por escrito, en cuadernillos, anotaciones y recuerdos, fechados todos, que en muchas ocasiones me han servido para traer a la memoria lo que el olvido trata de ocultar tras sus nieblas. «Cuadernitos de memoria», los llamo, y tengo más de siete en la alacena, junto a los libros, y si no hubiese sido por ellos, tal vez ahora no tendría fuerzas para contar tan por menor los sucesos que narro.

Capítulo undécimo

Durante el tiempo que viví con Velázquez, a excepción del mediodía, en que tenía permiso para ir a las cocinas, visitar a Francisca, mi ama, y jugar en los jardines con mi perro *Moisés,* pasaba el día entre el Obrador y la Casa del Tesoro.

Desde muy temprano iba a la galería donde tenía encomendado limpiar los pinceles y ordenar los tarros, así como barrer las dependencias del Obrador para cuando llegasen los pintores. A veces, Velázquez aparecía por las mañanas, aunque no era habitual. Por el contrario, quien sí estaba conmigo durante todo el día era Juan Pareja.

Pareja había sido siempre esclavo de Velázquez y, aunque en aquellos días sólo trabajaba como pintor, en realidad seguía comportándose como si fuese su criado. En toda mi vida he conocido a una persona más entusiasta que él, y si no hubiese sido por su compañía y el afecto que me puso, no hubiera soportado la soledad de aquellas paredes.

A divertido, nadie le ganaba. Solía contar cuantos chistes pasaban por su mente y siempre tenía a punto algún chascarrillo para aplicarlo a cualquier situación. En el silencio del taller se arrancaba sin pudor con unas cancioncillas procaces y jocosas que a mí me hacían partir de risa.

Aún recuerdo la que se traía con una dueña malhumorada que siempre andaba maldiciéndole. En cuanto ésta salía y cerraba la puerta, Pareja, gesticulando con los brazos, se ponía a cantar:

> *Una vieja se halló*
> *un lindo espejo perdido,*
> *y luego que en él se vido*
> *en el suelo lo estrelló*
> *porque le dio gran mohína*
> *de ver su horrible visión.*

Y remedaba a la dueña, con un pañuelo en la cabeza y tales ademanes que los demás nos moríamos de risa. Con Velázquez, en cambio, procuraba mostrarse más serio, pero incluso el maestro a veces le sonsacaba y le hacía volver a sus bromas.

La primera vez que le vi me chocó su presencia, pues, como era mulato, poseía una maravillosa mezcla de caracteres. Sin ser alto, era de una robustez espléndida. Sus movimientos eran gráciles, muy acompasados, y con un impulso a la danza que le hacía estar siempre moviendo los pies. Parecía que llevase el ritmo en el cuerpo y, cuando pintaba, era todo un espectáculo verle mover los hombros y gambetear cada vez que se retiraba del cuadro para observar sus pinceladas.

–El ritmo en las manos, Juan, no en las caderas –le solía decir Velázquez, a quien ponía nervioso tanto meneo.

Su rostro poseía una seriedad impecable, lo que contrastaba aún más con su exagerado sentido del humor. La nariz ancha y los labios gruesos, así como la fijeza de sus ojos y el cabello encrespado, le otorgaban el aire confuso de un noble metido a bucanero.

Tenía Juan la insufrible manía de meterse continuamente conmigo y hacerme rabiar hasta la exasperación. Pero yo no le iba a la zaga. Si él me decía «renacuajo», yo le llamaba «esclavito», y como eso le ponía furioso, corría tras de mí por la galería hasta que lograba darme alcance y me pintarrajeaba la cara con sus pinceles.

Por aquel entonces, Pareja ya no era esclavo, pero yo afirmaba que no creía que estuviese manumitido y le atacaba maliciosamente con esa picardía, a lo que él, indefectiblemente, me contestaba:

–Calla, renacuajo; para lo que me sirves, sabes más que trescientos Salomones.

Si en Acedo hallé el mentor de mis primeros años, en Pareja encontré un verdadero amigo, a pesar de la diferencia de edad que nos separaba.

Aunque solía acompañar a Velázquez y, a veces, incluso, remataba alguna de las tareas que éste le encomendaba, en los días en que yo estuve entre ellos parecían no andar congraciados. Velázquez vivía absorto en sus preocupaciones, de tal manera que rara vez hablaba con Juan. Por eso, y días antes de que el maestro prohibiese la entrada en el Obrador, me sorprendió la conversación que tuvieron.

Ese día, Velázquez me había mandado trasladar a otro lugar todos los trebejos de su oficio y desplazar a la derecha el lienzo grande en el que trabajaba.

Cuando se presentó en el Obrador, me colocó junto a la pared, bajo el ventanal. La luz me entraba de costado. Me preguntó si creía que mi perro se quedaría quieto el tiempo necesario para pintarlo y me pidió que lo llevase al día siguiente. Aquello me llenó de alegría, pues estar en el cuadro con *Moisés* colmaba ya mis ilusiones de entonces.

Pareja andaba tras el maestro, mezclando tierras en un mortero. En un momento, se dirigió a él.

–Desde hace unos días estoy a ciegas, Juan.

Al oírle hablar, me pareció notar cierta aflicción en su voz.

–Ahí tienes el lienzo –y señaló con el tiento–. Míralo, Juan. Todo sin sentido, sin saber adónde voy. Es como si me enfrentase a la creación del mundo. Yo, un mortal infeliz, ante el fenómeno de la creación. Me pone enfermo.

–No tendríais por qué sentir esa preocupación, señor. Habéis pintado cuadros admirables. También éste lo será.

–No, Juan. En lo que yo quiero hacer el oficio no es lo importante. Te lo he dicho cientos de veces. Cada cuadro es una obra nueva. Una visión distinta. Muchos creen que todo depende de cómo se den las pinceladas, pero no se trata de eso, se trata de una concepción. Un modelo ideal que intuyo y que no sé cuándo podré llevar a cabo. El oficio, Juan, es sólo un ángel que nos acompaña hasta las puertas del misterio. Pero el misterio lo hemos de recorrer solos, siempre por primera vez.

–Señor, a veces me desconcertáis. ¿Creéis que después de todo lo que habéis pintado aún debéis tener motivos para la duda?

–No te esfuerces por entenderme. También tú estás lejos ahora. Nadie puede ayudarme.

–Tal vez Juan Bautista, vuestro yerno, pueda hacerlo.

–¡Juan Bautista...! No quiero que mi yerno se acerque a esto; demasiado ha sufrido ya con la muerte de mi hija.

–Pero ¿qué os proponéis, señor? Últimamente me preocupáis.

–Llevo muchos años pensando este cuadro. Mirad esas figuras. Ahora sé que son todos intentos vanos. Desde que llegó Nerval lo veo todo de otra manera. No es que me entienda; frente a él tengo la impresión de ser traslúcido, como si entrara en mí y se hiciese con mi voluntad. Si tú oyeras las cosas que le he oído...

–Prefiero no tenerle de amigo, aunque sea de vuestra complacencia.

–Juan... –comenzó a decir, y se quedó dudando, como si no se atreviese a continuar. Por fin se decidió–: Tú sabes que he mantenido el máximo secreto sobre aquel asunto de Italia.

–Lo sé, señor, y de mi boca no saldrá palabra alguna.

–No lo dudo. Pues atiende: cuando llegó ese hombre hace ahora dos meses, de lo primero que me habló fue de la mujer que conocí en Italia y del niño que allí dejé. También de mis desvelos por él.

Aunque habían bajado la voz, parecían no darse cuenta o no les importaba que yo estuviese allí.

–Entonces, no digáis más –dijo Pareja, apartando el almirez con un gesto de repentina indignación–; ese hombre quiere dinero.

–No es eso, Juan, me lo habría pedido ya. Y yo se lo habría dado. No viene a pedir dinero, estoy seguro de ello. Viene a ofrecerme otra cosa y eso me lo dice para hacer palpable su poder.

–¿Y qué puede ofreceros, señor, que tanto os inquieta?

–El cuadro que busco. Ese que tienes frente a ti y que ahora he de reformar.

–¿Necesitáis vos consejos en pintura, señor?

–Lo que él me ofrece es algo más que consejo. El valor de su oferta traspasa los tiempos.

–¿Y le creéis? Lo que haya de hacer el tiempo con nosotros, nadie lo sabe.

–Me da miedo creerle. Su ofrecimiento me aterra y me seduce.

–Y si os tienta, ¿por qué no lo aceptáis de una vez y acabáis con todo esto?

–Creo que en mi interior ya lo he aceptado. Pero él me pide algo a cambio.

–Ya os dije que buscaba dinero.

–Te equivocas. Si fuese dinero, lo daría con gusto. Él quiere otra cosa, de la que no puedo hablarte.

–Cuantas veces os he visto conversar con él, he pensado que os confiabais demasiado.

–No confundas la confianza con la cortesía.

–Ya conocéis mi opinión en todo este asunto. Sabéis que le tengo por un farsante.

–También yo tendría motivos para pensarlo. Todo en él es un juego de dobleces. Al principio dijo venir de parte del Papa, pero el cardenal Massimi niega conocerle.

–Y si vuestro amigo niega conocerle, ¿por qué le dais crédito?

–Ya te lo he dicho, porque conoce demasiadas cosas. Cosas que nadie que yo no hubiese tratado podría saber de mí. Cosas que me infunden un profundo desconcierto. Y, además, ese hombre sabe de pintura como nadie en el mundo. Tiene un saber profundo y arcano, desconcertante. Me ha enseñado dibujos que me han dejado atónito. Así que, por un lado, siento por él admiración y, por otro..., miedo.

–Pues mandadle a freír espárragos.

–No es tan fácil. Tiene un maravilloso poder de encantamiento. Si supieras lo que me ha propuesto...

Yo me quedé mirando el lienzo que tenía enfrente. Era el más grande que había visto, aunque a él no debía de resultarle extraña esa dimensión, pues en los salones de la Planta Ochavada había visto el cuadro de los soldados. Mientras hablaban, él no dejaba de dibujarme en un papel. De vez en cuando, me rogaba que permaneciese quieto.

Pareja se colocó a un lado y contempló la pintura.

–No entiendo aún por qué habéis emborronado ese rostro –dijo, señalando una imagen que estaba desfigurada–. Yo no lo habría hecho jamás.

Velázquez apartó el cartón y miró el lienzo.

–Esa figura ya no tiene sentido. Donde está ella deberá aparecer otra. Eso ha dicho Nerval, pero aún ignoro qué debo pintar.

Al decirlo, permaneció absorto, con la mirada entristecida, arrebatado por algún sombrío pensamiento.

–¿No creéis que el Rey debería ocupar ese lugar?

–No lo sé, Juan, eso depende de Nerval.

–¿Dejáis el cuadro de la familia real en manos de las opiniones de un extranjero?

–A ese extranjero, como dices, se le da una higa la familia real.

–Pues más razón para no confiar en él.

–A él le interesa otra cosa. Dice que en este cuadro debo atrapar el tiempo, no el espacio. Y que el tiempo no pertenece a la pintura, sino al alma. Fabricar una clepsidra donde introducir mi alma y la de todos los que hagan este viaje conmigo.

–Es fácil teorizar sobre pintura –dijo con displicencia Pareja.

Velázquez se quedó mirando el cuadro durante un tiempo. Parecía haberse olvidado de mí. Inoportunamente, pregunté:

—Señor, ¿qué es una clepsidra?

—Ah, ¿pero escuchabas, Nicolasillo?

Capítulo duodécimo

Nunca supe por qué Velázquez decidió que yo actuase de mensajero entre él y Nerval. Le advertí que yo desconocía Madrid, que sólo en dos ocasiones había salido de palacio y que con dificultad llegaría hasta la Plaza Mayor. No obstante, insistió en que tenía que ser yo, que Nerval así lo había decidido. Hoy pienso que no sólo los caminos de Dios son inescrutables.

Así pues, esa misma tarde, con la indicación que el maestro Velázquez me había dibujado en un papel, salí de palacio y emprendí el camino, con la firme resolución de cumplir mi encargo.

Llegué hasta la Plaza Mayor, pues era el único lugar de la ciudad desde el que me orientaba. Desde allí, bajé por la calle de Toledo, tal como me había indicado Velázquez, hasta dar con la Cava Baja de San Francisco.

Antes de encontrar la casa, tuve la desgracia de toparme con un grupo de zagales, todos casi de mi misma edad, que al verme comenzaron inmediatamente a hacer mofas desde lejos y a meterse con mi altura. Pero como yo no me arredrase y les hiciera frente, y viesen por mi atuendo y apostura mi entereza, hubieron de pensar que era yo infante principal y, convencidos de ello, por la manera en que los reconvine y por las palabras que para la ocasión usé, abandonaron sus chanzas y quedaron corridos sin valor para seguir sus burlas.

Aproveché yo entonces para llamar a uno de ellos que se acercó, ciertamente temeroso. Le dije que era emisario de palacio y que traía un mensaje para un hombre llamado Nerval, que con seguridad vivía en aquella calle, aunque desconocía en qué casa.

Me preguntó el muchacho si el hombre al que buscaba era extranjero y le contesté que sí, que era italiano. Entonces me señaló una casa, donde me dijo habitaba un hombre desde hacía sólo unos meses, al que en la calle llamaban el «forastero» y a quien era casi imposible ver, pues al contrario que el resto de los vecinos, tan sólo salía por la noche.

Como no tenía otra indicación y lo contado por el mozalbete me parecía coincidir con Nerval, me dirigí hasta la casa indicada. Observé que los muchachos me seguían, no sé si por la atracción que yo suponía para ellos o por si al abrir la puerta lograban ver al «forastero» que tanto debía de intrigarles.

Llamé al portalón dos veces y no recibí respuesta, pero antes de volver a golpear por tercera vez con el aldabón, vi moverse la cortinilla arriba en el balcón, lo que me hizo saber que había gente. Volví entonces a llamar y, tras oír unos pasos bajando escalones, sentí descorrer el cerrojo y abrirse la puerta apenas una cuarta. El rostro que asomó era pálido como un amanecer y poseía una inconcreta deformación, tal vez las cejas hundidas o inexistentes, o los ojos a una altura inferior de lo normal.

Los muchachos, al verlo, gritaron:

–¡El monstruo, el monstruo! –y salieron corriendo.

Yo, al ver la cara de furor que ponía y oír el apelativo de los mozalbetes, hubiera deseado también salir corriendo, pero me mantuve firme, dispuesto a no dejarme intimidar.

El hombre, quienquiera que fuese, apenas sin abrir la puerta, me preguntó de una manera torpe y casi ininteligible qué deseaba. Contesté que buscaba a Nerval y que me enviaba el maestro Velázquez, aposentador mayor de Su Majestad.

–¿Y por qué os manda venir aquí?

Me incomodó la pregunta, viniendo como me parecía venir de un criado; y como tantas veces había visto hacer a los señores, adopté yo la misma resolución y díjele que no me importunara con sus preguntas y que trasladase a Nerval la noticia de mi presencia, que él sabría las razones.

Enfurruñó el «monstruo» el entrecejo, como si le hubiese lanzado una pedrada en la frente, y con un gruñido en el que me pareció oír la palabra «bastardo» me hizo pasar al zaguán y me ordenó de mala manera que esperase allí hasta que él volviese. Subió las escaleras y desapareció tras la puerta.

En mi interior repetí varias veces el mensaje de Velázquez, procurando ser lo más fiel posible a sus palabras: «Déme resolución del cuadro cuanto antes, dígame el lugar de los Reyes y tome de mí lo que desee.»

El zaguán apenas tenía luz, con los postigos cerrados. Al cabo de unos minutos, durante los que me decía a mí mismo que nada debía temer, pero que iban haciendo mella en mi ánimo, volvió a aparecer por la puerta de arriba la figura cada vez menos tranquilizadora del criado.

Hizo un gesto que supuse querría decir que subiese, pues las palabras que le acompañaron fueron de nuevo ininteligibles.

La verdad es que hubiera preferido permanecer allí, cerca de la calle, y que Nerval me hubiese hablado desde arriba, sin tener necesidad de subir yo.

Al ver mi indecisión, volvió a agitar el brazo.

Subí hasta arriba y crucé la puerta que con tanta precaución mantenía abierta.

Lo primero que me llamó la atención al traspasar el umbral fue la absoluta carencia de muebles y las paredes desconchadas y sin ornato alguno, como si la casa hubiese estado deshabitada largo tiempo y tuviese ahora tan imprevistos huéspedes.

–Sígueme –entendí esta vez al criado, que no dejaba de mirarme con desdén.

Tras él crucé otra habitación, igualmente vacía, sin ningún mueble, y entré en una en la que apenas podían distinguirse las paredes de la oscuridad que reinaba. El criado entreabrió los postigos, pero no demasiado, dejando que un haz de luz iluminara débilmente el interior y fuera a clavarse al fondo en una esquina, donde, sentado en un sillón, se hallaba Nerval.

Lo inusual de la habitación no me permitía salir de mi asombro: no había mesas, ni estantes, ni bufetes, ni alfombras... Las paredes desnudas y el rayo de luz que iluminaba a Nerval creaban una atmósfera que no parecía accidental, sino perfectamente calculada.

–*Lasciate ogni speranza, voi ch'entrate* [2] –dijo desde su asiento, esbozando una sonrisa no exenta de inquietud.

–Señor... –intenté decir.

---

[2] *Dejad, los que aquí entráis, toda esperanza.*

–No, no habléis aún. Decidme más bien vos qué quisisteis decir con esos versos.

–Señor, no uséis conmigo ese tratamiento. Mi dignidad no llega a tanto.

–¿Qué sabéis vos de dignidades? Contestad lo que os pregunto. ¿Qué quisisteis decir con los versos?

–No quise decir nada, señor. Los aprendí de memoria. Repito sólo lo que dijo el Dante.

–¿Y qué creéis que quiso decir él?

–Os lo ruego, no me hagáis preguntas de las que exigen estudios más profundos que los míos. Hasta el Rey se limita a escucharme sin preguntar.

–¡También yo soy un Rey! –exclamó con violencia, y noté en su rostro un leve fulgor, como si el criado hubiese descorrido un visillo y la luz le diese en la cara, confiriéndole una extraña claridad. Miré hacia atrás instintivamente, para cerciorarme de la maniobra del criado, pero no había nadie, ni advertí cambio alguno en la abertura del postigo.

–¿Creéis vos en el infierno? ¿O sólo lo tenéis como un asunto poético?

–Señor, la duda ofende. Por supuesto que creo en el infierno. ¿Cómo si no habría justicia para los que se gozan en obrar el mal?

–¿Qué queréis decir? ¿Dónde habéis aprendido esas ultimidades?

–Todos sabemos que el mal y el bien exigen justicia póstuma.

–A fe mía que habláis bien, mequetrefe. Y os aseguro que ese don os granjeará beneficios.

Se levantó entonces y pasó por delante de mí. Se acercó al balcón y miró a través del postigo. Por más que se acercaba a la luz, se producía en él un extraño efecto que dejaba siempre imprecisos los detalles de su rostro, como si la luz le evitase, o su faz atrajese las sombras aun en los lugares más iluminados.

–¿Sabéis que he sido yo quien pidió a Velázquez que os enviara de emisario?

–Señor, yo desconozco los motivos por los que me hizo venir don Diego. Sólo me pidió que os suplicase –y repetí las palabras memorizadas– le dieseis resolución del cuadro. Que dónde irán los Reyes y que toméis lo que hayáis de tomar.

Pareció molestarse profundamente por esta última observación, pues, encolerizado, gritó:

–¡Los Reyes, los Reyes! ¡Qué me importan a mí los Reyes! ¡También yo soy un Rey! Se lo he dicho mil veces a ese Velázquez, pero parece no creerlo.

En ese mismo frenesí, alzó el brazo y, extendiéndolo hacia delante, dijo:

–Ahí tenéis el cuadro.

Lo que ocurrió entonces, de tanto negarlo, he llegado casi a descreerlo, y si no fuese por la manera en que me pintó después Velázquez en el cuadro, yo mismo hubiera pensado que todo fue un sueño.

En ese momento sufrí una extraña conmoción; como si fuese a perder el sentido, las paredes a ambos lados parecieron disiparse, el muro del fondo adquirió una luminosidad extrema que fundió su materia y se hizo transparente a lo que debía haber detrás.

Esas transformaciones coincidieron con un ruido violento, parecido al rumor de un viento furioso y desordenado y, a continuación, sin tránsito, un silencio tan insoportable que me dañaba los oídos. En ese momento, y tras el fulgor del fondo, vi la misma estancia del Obrador: junto a un lienzo, Velázquez trataba de pintar mirándonos; en el centro, la princesa Margarita; a ambos lados de ella, Isabel y otra joven a la que desconocía y que después supe era María Agustina; junto a la pared, mi querida Maribárbola, tan seria, mirándome también impasible, y a sus faldas mi perro *Moisés;* y más a la derecha, yo mismo, redoblado, con mi traje preferido en aquel entonces, incordiando al perro. Tras nosotros se hallaba una dama también desconocida para mí entonces, doña Marcela, y junto a ella, Nerval, frío, impasible, con su mirada insidiosa, capaz de herir a distancia como el basilisco. Más al fondo, Nieto, a punto de entrar en la sala, y junto a la puerta, un espejo refulgente que deslumbraba mi visión.

Era tan real la habitación que frente a mí se había abierto, que hice movimiento de ir hacia ella. Pero Nerval, a quien había olvidado y que apareció tras de mí, también redoblado, me asió del brazo y me sostuvo. Fue la única vez que me tocó y sentí tal escalofrío que deseé salir de allí cuanto antes a pesar de tanta maravilla.

–Esperad, aún debéis ver lo mejor.

Por un instante, la habitación se quedó en penumbras y el espejo refulgente del fondo fue perdiendo la intensidad de su luz. Cuando pude mirarlo vi en su interior unas figuras lejanas y difusas que se acercaban. Permanecí embobado hasta que por fin se detuvieron. No pude evitar reconocerles, por más que no terminaban de aclararse sus perfiles.

–Majestades –dije, volviéndome apresurado hacia atrás, creyéndoles a mi espalda. Sin embargo, no vi a nadie.

–No vuelvas la cabeza, Nicolás. Lo que hayas de ver lo verás de frente. Todo lo que te presento viene del futuro, no lo busques tras de ti.

Otra vez no entendía nada, pero los Reyes estaban allí, imprecisos, vagamente iluminados, como si nos observasen desde otra dimensión.

–¿No queríais ver a los Reyes? Pues ahí los tenéis. Ahora, entrad y mirad lo que pinta vuestro señor.

Como si mi voluntad no me perteneciera, eché a andar y penetré en la estancia otra vez iluminada. Al hacerlo, me veía a mí mismo, pues bajé la pierna del lomo de *Moisés* y, pasando por delante de Maribárbola, entre Isabel y Su Alteza la princesa Margarita, me coloqué junto a Velázquez. Entonces vi el cuadro: era una proliferación de imágenes que se originaban y deformaban vertiginosamente, una plétora en la que bullían seres amorfos, casi bestias. Me di cuenta de que entre esas bestezuelas unas reían y otras lloraban, aunque algunas no tenían boca. Sobre ellas, y como pastor de las bestias, se hallaba una más terrible aún, que deformaba continuamente su rostro. Sentí entonces una repugnancia insoportable y un malestar tan profundo que me obligaron a alejarme de allí.

Entonces me vi otra vez junto a Nerval, quien, riéndose a carcajadas, repetía:

–*Lasciate ogni speranza, voi ch'entrate.* ¿Sabéis ahora lo que significa? ¿Qué creíais?

Me miraba tan de cerca que con su aliento me llegaba un estertor, como si le fuese difícil respirar.

–Lo que habéis visto, Nicolás –me dijo–, os permitirá sobrevivir a todos los que están en esa habitación. Entrasteis el último y el último saldréis. Desde ahora, ni Reyes ni criados serán superiores a vos, pues sabréis que mientras alguno de ellos viva, vos viviréis. Ese reverdecer lo llevaréis para siempre en vuestro rostro. Y, en señal de ello, miraos ahora.

Dirigí mis ojos donde me indicaba y advertí que se había producido una transformación en mi imagen. Mi rostro se había transfigurado y, sin la dureza de mis rasgos, había adquirido el aspecto de mi niñez.

–Así permaneceréis por los siglos en este cuadro. Ése es mi regalo, por saber esos versos.

Como casi nunca que alguien me hablaba así entendía lo que decía, saliendo del arrobo en que había caído dije, con la intención de partir de allí cuanto antes:

–¿Qué debo decir a don Diego?

–Contadle lo que habéis visto.

–¿Seré capaz?

–No lo dudéis. Él también lo ha visto ya y sabe lo que ha de pintar. Ahora sí que puede despreciar con razón a cualquier pintor del mundo. Y si de joven se atrevió a decir que jamás había visto una cabeza bien pintada, ahora, de viejo, podrá decir que no hay un cuadro como el suyo.

–En ese caso, permitidme que me retire.

Pareció darme la venia para ello, y levantando el brazo y caminando hacia el extremo de la sala, que se había sumido otra vez en la penumbra del principio, se desdibujó entre las sombras del fondo.

Vino a sacarme de mi desconcierto la figura penosa del criado, que durante todo ese tiempo había desaparecido. Me hizo señas de que le siguiese y, aunque volvió el rostro desconcertante varias veces hacia mí y quiso hablarme, no emitió más que unos sonidos guturales, ininteligibles, como si hubiera perdido el habla.

Al llegar a la puerta volvió a mirarme muy de cerca, lo que me produjo una inesperada repugnancia, y esbozó lo que él supondría una sonrisa y que a mí me pareció una mueca de dolor.

Cuando salí de allí, los mozalbetes ya habían desaparecido, y la calle solitaria, con las luces de la tarde extinguidas, me obligó a aligerar el paso... o, si soy sincero, a salir corriendo.

Capítulo decimotercero

LLEGUÉ a palacio pasadas las vísperas, que oí redoblar en el convento de San Francisco. Incluso hubo extrañeza a la entrada del Alcázar por mi aparición a aquellas horas. Me dirigí a la Casa del Tesoro, donde esperaba encontrar a Velázquez, y descompuesto y no recobrado aún de la terrible fantasmagoría a la que había asistido, corrí con el vivo deseo de hacerle llegar el mensaje de Nerval.

Nada más entrar por las puertas sospeché que algo no iba bien, pues doña Juana, acompañada de mi ama Francisca, estaba en la puerta esperando verme llegar.

Doña Juana se abalanzó sobre mí, exasperada por mi tardanza.

–Por fin has llegado, maldito niño, ¿dónde te habías metido?

Me sentí sobrecogido por la vehemencia con que doña Juana me zarandeaba y por la presencia de mi ama en aquella casa.

–Pero, Nicolás, ¿cómo os atrevéis a desaparecer así, sin dar razón de vuestra marcha?

Aunque había prometido dar noticias a doña Juana de lo que ocurriese entre Nerval y su marido, no me pareció prudente en aquel momento contar lo sucedido, pues aún no sabía a qué venía tanto escándalo, y en prevención de males mayores preferí justificar mi tardanza inventando una disculpa.

–Tienes que ir inmediatamente al Obrador. Mi marido te requiere desde hace tiempo. No sé qué le ocurre, pero ha prohibido que cualquier otra persona entre en el Obrador y sólo quiere verte a ti. ¿Sabes tú qué le sucede, Nicolasillo?

Me hizo la pregunta con tal aflicción que creí que iba a desmayarse.

–No os preocupéis, señora –dije, procurando calmarla–. Deben de ser cosas de pintores. Esta mañana estuve con él y andaba obsesionado con ese cuadro que pinta. Tal vez esté tan inspirado que no desea que nadie le moleste.

–Déjate de tonterías, bribón. Bien sabes tú que a esta hora don Diego no suele pintar. Ni siquiera ha venido a comer y eso me alarma. Él no suele quebrar sus horarios a no ser que el Rey le necesite.

–En ese caso, señora, tal vez el Rey le haya pedido que se dé prisa con el cuadro.

–Algo os traéis entre manos, mocoso, y aunque me prometiste confidencia, veo que has tomado partido por él.

–Señora, no digáis eso.

–Ve cuanto antes a ver qué desea mi marido, por qué quiere verte con tanta urgencia.

Asentí con la cabeza y, rogándole que se tranquilizara, me dirigí con toda presteza a ver a Velázquez.

Cuando llegué, el Obrador se hallaba iluminado por dentro y la puerta cerrada. Golpeé varias veces.

–¿Quién sois? –oí la voz de Velázquez.

–Soy yo, señor, Nicolás.

Se había encerrado por dentro. Oí forcejear con el pestillo. Por fin abrió. Me impresionó verle. Tenía el pelo revuelto y el rostro vivamente iluminado con el estigma de un hervor febril.

–Pasa, Nicolás, pasa, por Dios.

La habitación poseía la atmósfera informe que produce la luz de las velas. Los hachones casi gastados titilaban provocando el crecer y menguar de las sombras en las paredes.

–Acércate aquí, a la luz –dijo Velázquez, tomándome de una mano y reconfortándose con mi presencia–. Siéntate. Tengo que contarte algo sorprendente.

–Yo también, señor.

Vivamente impresionado por lo que fuese, sentía más deseos de contar que de oír.

–Soy otro hombre, Nicolás. Esta tarde me dejaste en la habitación del Príncipe perdido, extraviado, y ahora me hallas aquí con la certeza de que he encontrado lo que buscaba.

–¿Y qué habéis encontrado, señor?

–El cuadro, Nicolás.

–¿El cuadro?

–Sí, el cuadro, muchacho. Lo tengo todo. Pero no como una idea, sino como una imagen clarísima, como si un espejo en mi frente reflejase cuantas veces quiero la imagen de lo que voy a pintar.

Estaba enfervorizado. Se acariciaba las manos sudorosas y me miraba con el entusiasmo del hombre que acaba de entender un misterio.

–Mira esto.

Tomó entonces algunos papeles que tenía desplegados sobre la mesa y me mostró varios dibujos. Mi sorpresa

aumentó cuando en todos ellos vi que reflejaba en puro
boceto la misma escena que yo había contemplado en casa
de Nerval. Allí estaban insinuadas las figuras de cada una de
las personas que yo había visto con toda nitidez. Los dibujos estaban tomados desde diferentes perspectivas, como
si hubiese observado la misma escena desde distintos lugares.

–Señor –dije, entre asombrado y confuso al ver los
bocetos–, eso mismo que me enseñáis es lo que yo he visto
en casa de Nerval, lo que tenía que deciros, pero yo lo he
visto en verdad y por nada del mundo volvería a aquella
casa donde aún no sé qué me ha pasado.

–¿Has visto esto?

–Estoy seguro de haberlo visto, señor, pero tiemblo
sólo con pensarlo.

–Dime, ¿qué te dijo Nerval?

–Me dijo que comparareis vuestro sueño con lo que
yo había visto.

–¿Sabía entonces que habría de tener un sueño?

–Eso dijo.

–Y lo he tenido, Nicolás, vaya si lo he tenido. Pero,
a ver, cuéntame, ¿qué has visto tú?

La ansiedad con que me preguntaba no favorecía mi
tranquilidad; al contrario, su nerviosismo acrecentaba el
mío, ignorante de en qué juego extraño me estaba metiendo
sin saber. Relaté entonces cuanto había presenciado. Velázquez me preguntaba una y otra vez por cada una de las figuras, el lugar que ocupaban, de dónde procedía la luz... Yo
contestaba mal que bien como podía, y él volvía a insistir
una y otra vez en detalles que mi memoria recuperaba, ante
mi propio asombro, sin dificultad.

–Y dime, ¿en efecto has visto que estuviese yo en el
cuadro?

–Sí, señor. Estabais pintando en un gran lienzo, frente a nosotros.

–Señálame dónde.

Me acerqué y situé mi dedo sobre la figura que tenía pintada a la izquierda.

–¡Oh, Dios! –exclamó, yendo de un lado para otro vivamente desconcertado, como si se alegrara de lo que le había dicho y, a la vez, le disgustase–. Eso es, eso es –repetía insistentemente–. Yo mismo en el cuadro. Lo había visto, pero no podía creerlo –entonces volvió a dirigirse a mí–: ¿Ves lo que te dije, Nicolás? Nerval lleva razón. Soy yo quien debe aparecer en ese lugar del cuadro. Esa solución daría un sentido distinto a toda la obra. Le aportaría el misterio que busco.

–¿Vos el misterio, señor? Me parece que hay cosas más misteriosas. Vi a los Reyes en un espejo al fondo, junto a la puerta.

–¿Qué dices? Eso no lo he visto. A ver, explícame.

Se mostraba ansioso, irritado, como si en mis palabras le fuese la vida.

–Cuando Nerval me mostró la estancia, que era igual que esta que pintáis, al fondo, junto a los cuadros, había un espejo.

–Indícame dónde.

Volví a señalar el lugar. Velázquez tomó uno de sus bocetos y esbozó un rectángulo.

–Continúa.

–En ese espejo, señor, aparecían los Reyes.

–¡Los Reyes!

–Sí, eran ellos, señor, estoy seguro, aunque se mantenían lejos, sin nitidez.

Al oír aquello, Velázquez pareció olvidarse de mí y comenzó a ir de un lado a otro por la estancia. Finalmente se sentó y permaneció durante un buen rato ensimismado, como si calibrara el alcance de lo que había oído. Yo no sabía qué decirle, pues andaba tan desconcertado con lo ocurrido que no deseaba otra cosa que acabar cuanto antes con todo aquello. Así que cuando levantó la cabeza, aproveché:

–Señor, mejor será que lo dejemos –dije al ver que había perdido la noción del tiempo y la prudencia–. Es ya muy tarde y doña Juana, que anda muy intranquila, me ha rogado que os haga volver conmigo.

Mi observación pareció sacarle de su ensimismamiento. Reparó en las velas casi gastadas, en la luz bajísima que había en la habitación. Entonces se acercó a uno de los hachones y se quedó mirando la llama con fijeza.

–Nicolás –dijo–, creo que he logrado la clepsidra donde sujetaremos el tiempo, aunque, quizá, en ello me vaya mi salvación eterna –y tras pronunciar estas palabras, sopló sobre el pabilo y dejó la habitación casi a oscuras–. Volvamos a casa.

Antes de salir, me puso la mano en el hombro y mirándome fijamente me dijo:

–De todo esto, Nicolás, ni una palabra.

Al salir del Obrador, la luna dibujó nuestras sombras y bajo su aura me hice la firme proposición de que tenía que escribir todo esto en mis «cuadernitos de memoria».

Capítulo decimocuarto

En los días que siguieron, Velázquez nos sorprendió a todos con una actividad frenética. Se encerraba en el Obrador día y noche, durante larguísimas sesiones, y apenas atendía las solicitudes que le venían del exterior. José Nieto hizo cuanto pudo por sustituirle en aquellas funciones que no permitían demora y, a cambio, por más que me pese, el maestro le aseguró su presencia en el cuadro.

Parecía poseer una extraña intención que iba más allá del puro pintar. Como si de un descubrimiento se tratase, creía, así lo repetía una y otra vez, haber fabricado un navío que escaparía al tiempo y en el que iría introduciéndonos a cuantos habíamos de participar en aquel extraño viaje.

En los primeros días reformó parte del lienzo que ya tenía pintado manchando aquí y allá, rectificando tonos, trabajando con una ligereza que deslumbraba a cuantos pudimos acceder al taller.

En aquellas jornadas fue frecuente la visita de Sus Majestades, quienes al principio, según pude oír, se hallaban desconcertados ante las explicaciones del pintor, que intentaba convencerles del lugar que debían ocupar en el cuadro, en el espejo del fondo. En dos ocasiones el mismo Rey, disconforme, prohibió a Velázquez seguir adelante con su descabellada idea de que sería él quien ocuparía la parte izquierda del cuadro. Pero Velázquez se deshacía en argumentos con una vivacidad y una fuerza tal de convicción como jamás vi a otro hombre defender con igual denuedo sus proyectos. Las razones, o argucias si se mira con aviesa intención, con que intentaba llevar el agua a su molino, me enseñaron en aquellos días el poder de seducción de la palabra apasionada.

Yo sólo les observaba: insistía el Rey, Nuestro Señor, que en ninguna corte del mundo los Reyes se hallaban al fondo, insignificantes, en un espejo desvaído, y Velázquez replicaba que el lugar elegido era el más relevante, pues cuantos mirasen el cuadro, decía, sabrían que los Reyes se hallaban presentes en toda la escena sin necesidad de ser vistos.

En una ocasión, incluso, viendo que Su Majestad no cejaba en su descontento, llegó a decir: «¿No es acaso el mayor poder de los espíritus estar presentes en todos sitios sin que hayan de ser vistos?» Y al decirlo me dirigió su mirada, como si creyese que yo le había entendido y compartía sus razones. Pero nada de eso entendí, pues en aquel entonces yo sólo obraba bajo su dirección sin llegar a comprender los motivos que le guiaban.

Finalmente, por convicción o embaucamiento, los Reyes debieron aceptar sus razones y en cuanto dieron su venia hizo traer un espejo grande, el cual hubieron de sujetar con un artificio que el mismo Velázquez había ordenado hacer a los carpinteros de palacio. Entonces cerró la puerta del Obrador durante trece días y excepto a mí, que le proveía de la comida, no permitió la entrada a nadie más.

Durante aquellos días me convencí de la diferencia que existe entre la genialidad y el esfuerzo, y comprendí el abismo que separa a la una del otro, y el derroche de gracias que el Señor da a quien, como Velázquez, las poseía todas para la pintura.

La velocidad con que insinuaba las formas, la decisión en los trazos, la manera apasionada con que utilizaba los dedos sobre el lienzo, todo, lo observaba en un absoluto silencio que jamás me atrevía a romper si él no me hablaba.

A veces se colocaba frente al espejo mirando su figura, como si penetrase en la magia del cristal.

—Es mejor pintor que yo —decía, volviéndose hacia mí y señalando el espejo. Y, tomando el pincel, lanzaba un trazo sobre la superficie del azogue como si quisiera traspasarlo y llegar hasta la imagen reflejada.

—¡Maldita sea! —exclamaba—. No conseguirás escaparte —y volvía a pintar sobre el cristal.

Sólo entonces podía yo colaborar en algo, pues tomaba el trapo humedecido y, subiéndome a una banqueta, limpiaba una y otra vez los trazos hasta dejar la luna impoluta.

En aquellos días, viendo la desazón en que doña Juana, su mujer, se hallaba, y no pudiendo evadir sus continuas preguntas con las que intentaba entender el arrebato desusado de su marido, le conté lo que había visto en casa de Nerval, la extrañeza que me produjo aquel hombre, y me atreví a decirle que quizá sería mejor que ninguno de nosotros siguiéramos en su compañía. Comprendí después que aquello debió de asustarla, y temiendo que a su marido fuese a sucederle algo malo, o que en el trato con aquel casi desconocido no le fuese beneficio alguno, al día siguiente interrogó a Velázquez por la verdad de lo ocurrido, y por qué desde que había conocido a Nerval había trastornado sus hábitos, alejándose de su casa y no yendo siquiera a dormir. Ignoro qué contestó Velázquez; sólo sé de este suceso porque al día siguiente me mandó llamar y, con la mirada fría y severa de quien se enfrenta a una traición, me ordenó recoger mis cosas para salir de su casa y volver con el resto de los criados. Aquella incomprensión, de la que no recibí aclaración alguna, fue el sentimiento más triste de mi vida y, aunque después he llegado a intuir las razones, el dolor que me causó aún persiste en mi recuerdo.

No repliqué, pues la manera en que se dirigió a mí me hizo saber que sería en vano, y antes de la hora del almuerzo dije adiós a doña Juana, quien apenas mostró dolor al verme marchar, porque en el fondo creía que yo era parte de la causa de la desazón de su marido y que, ahuyentándome a mí, ya sólo Nerval debía salir de sus vidas.

Capítulo decimoquinto

Seis días después de aquel suceso, Velázquez me mandó llamar con un criado. Quería que fuese al Obrador y, además, que llevase conmigo a mi perro *Moisés*.

Interiormente, me debatí entre hacer caso al orgullo o a los afectos. Deseaba ir y, a la vez, rechazaba hacerlo. La manera en que Velázquez me despidió de su casa me había herido en lo más profundo de mi ser. Le tenía tanta estima que no lograba entender su actitud para conmigo, a pesar de que no hubiese sido capaz de mantener el secreto tal como le había prometido.

El criado habló con mi ama y acordaron la hora y la indumentaria con que debía presentarme. Mientras ella buscaba los ropajes, yo fui en un salto a buscar a *Moisés* e hice que me siguiera. Entré a vestirme y, cuando estuve listo, me encaminé con él, atado con una cuerda, al Obrador de Velázquez.

Llamé a la puerta y permanecí quieto. Y aunque oí la voz del maestro varias veces, indicándome que pasase, me quedé en el umbral sin moverme, obligándole a acudir a abrirme, para que se diese cuenta de mi malestar y de que por su enfado había perdido la confianza que le tenía.

–¿Desde cuándo Nicolasillo espera a que le den permiso para entrar? –preguntó al verme.

Yo no contesté, ni él insistió en hacerme hablar. Me invitó a pasar y, tomándome de la mano, me colocó junto a una de las ventanas y me rogó que llamara a *Moisés* y le hiciera echarse delante de mí. Obedecí. Me pidió después que pusiera un pie sobre su lomo y que me mantuviera en esa posición un momento.

Procurando permanecer inmóvil, detuve mi mirada entonces en el cuadro que tantas veces había contemplado ya y, al verlo ahora, aunque aún no estaba acabado, me emocionó la vivacidad y belleza que el conjunto había adquirido. Debió de notar Velázquez mi sorpresa, pues acto seguido me preguntó qué me parecía. Pero yo seguí mudo, haciendo señas sólo a *Moisés* para que se estuviese quieto.

Todo estaba allí tal como yo lo había visto en casa de Nerval. La princesa Margarita atraía ahora toda la luz sobre su rostro, y Maribárbola, a quien pintó en los días en que me ausenté, me pareció tan viva, tan confiada en su manera de ser, que me dieron ganas de decirle que estaba más guapa que nunca. Velázquez volvió a modificar mi postura. En realidad, acentuaba las figuras que ya tenía pintadas de *Moisés* y mía. Parecía no trasladar nuestra presencia al cuadro, sino, al contrario, modificar nuestra posición según lo que ya tenía pintado. Durante toda la mañana estuvo haciéndome mover la pierna derecha y, finalmente, viendo que *Moisés* se desperezaba y no había forma de mantenerle quieto, me ordenó que fuera a comer y que volviese al cabo de dos horas.

Cuando regresé, ocurrió algo a lo que sólo el tiempo hubo de dar explicación. Al ir a entrar en el Obrador, *Moisés*

se detuvo en seco y erizó el lomo como si hubiese adverti-
do la presencia de algún otro animal. Comenzó a ladrar con
todas sus fuerzas, afirmando las patas tensas en el suelo y
con una excitación que, dada su mansedumbre, sólo en es-
casísimas ocasiones le había conocido. La puerta del Obrador se abrió en ese momento y por ella apareció Nerval.
Moisés recrudeció sus ladridos y dejó escapar un gruñido
continuo y feroz. Nerval se mantuvo de espaldas a mí. Velázquez estaba junto a él, con la misma agitación en el rostro que los días en qué convivimos en el Obrador.

–Volveremos a vernos el último día –oí decir a Nerval en italiano.

–No estéis tan seguro. La bondad de Dios es infinita
–replicó Velázquez.

Entonces, Nerval clavó sus ojos en mí. Al hacerlo,
Moisés tiró con tal fuerza de la cuerda que se soltó de mi
mano y echó a correr. Sin poder dejar de mirarle, le escuché:

–Decidlo vos, Nicolás, decidle los versos. El maestro
Velázquez parece no entender aún el significado exacto de
la desesperanza.

Yo permanecí mudo, dispuesto a no repetir nada.

Dio unos pasos y al cruzar junto a mí volvió a hablarme.

–No olvidéis, Nicolás, mi promesa: entrasteis el último en el cuadro y el último saldréis.

–¿Qué quiso decirme, maestro? –pregunté a Velázquez cuando vi que Nerval se alejaba.

–No lo sé. Pero prométeme que nunca más volverás a
decir esos versos.

No prometí nada. Volvimos a entrar en el Obrador.
Velázquez permaneció vuelto hacia uno de los ventanales y
yo me tumbé en el sillón que había frente al cuadro. Entonces me di cuenta de que Velázquez había transformado al-

gunas cosas desde la última vez que lo viera: mi figura era ahora mucho más infantil, con el pelo más largo del que usaba, más parecido a cuando era niño, sin los rasgos incipientemente duros que en mi rostro comenzaban a aparecer. Pero si ya aquello me llamó la atención, más aún me conmovió la imagen del caballero que estaba a la izquierda, junto a doña Marcela: el collar que antes tenía en torno al cuello había desaparecido y su rostro se había transformado. La cara, quizá favorecida, aunque con la misma inquietante expresión con que yo le había conocido, era ahora la de Nerval.

Tercera parte:

Una cruz para el diablo

Capítulo decimosexto

EL transcurso de los años hizo nacer en mí nuevas y renovadas ilusiones. Pronto fui incorporado a los criados de Su Majestad, como éste me había prometido, recibiendo, en poco tiempo, mercedes que otros tardaban años en conseguir y algunos ni siquiera alcanzaban en toda su vida.

No me ufano si digo que de todos los que entraron a servir por aquel entonces ninguno me igualó en progresos, pues pronto hice yo, estimulado por los consejos inolvidables de mi padrino y por los azares caprichosos que a mi vida rodearon, cuanto en mi inteligencia estuvo para no desmerecer mi trato; y fue tanto lo que aprendí en pocos años, y la voluntad firmísima que puse en destacar por mi ingenio y agarrar la fortuna allí donde apareciese, que no hubo puerta de palacio que no se me abriera ni voluntad que no se ajuntara a mis deseos.

Pero sería mucho y largo, aunque la memoria no me falle, querer narrar esto que llamo el sino de mi vida, y más me valdrá contar por derecho, sin irme por las ramas, aquello de lo que quiero dar cuenta.

De cuantos hechos relevantes sucedieron en aquellos años, ninguno provocó tal expectación y entusiasmo en la corte como los fastos en torno al matrimonio de la infanta María Teresa con el rey de Francia, que tanta melancolía y desasosiego produjeron en nuestro Rey.

Para ese magno acontecimiento, que había de celebrarse en Fuenterrabía, Su Majestad requirió los servicios de Velázquez, su aposentador mayor, a quien desde hacía sólo unos meses y por su voluntad expresa había nombrado Caballero de Santiago.

Sabedor de la importancia de aquella elección, y de la confianza en él depositada, no regateó Velázquez esfuerzo alguno, y en la primavera de 1660 salió para la frontera con el fin de preparar la fiesta y engalanar los salones que en la Isla de los Faisanes darían acogida a tan regia comitiva.

Desconozco los sucesos exactos de aquellos días, pero por lo que han podido contarme quienes los presenciaron hubieron de ser tan fastuosos que aún asombran a quienes fueron testigos de ellos. El trabajo debió de ser agotador para quien, como Velázquez, menoscabado por la edad, tenía en sus manos tanta responsabilidad. Y bien porque las enfermedades hacen mella en quienes por su debilidad le dan acogida, o en quien por olvido de sí mismo no pone remedio, lo cierto es que, a finales de julio, Velázquez regresó a Madrid con tan alarmantes signos de enfermedad que muchos creyeron que traía la muerte consigo.

De eso no tuve yo conocimiento, por encontrarme en Aranjuez, hasta dos días después de su llegada. Cuando regresé a palacio, la noticia de su muerte corría de boca en boca. Gracias a Dios, no era cierto. En efecto, alguien había muerto en su casa, pero no era él. Se trataba del pintor italiano, a la sazón huésped de Velázquez, que éste había hecho venir para pintar los frescos con que andaban reformando las nuevas dependencias de palacio. Sin embargo, la confusión, lejos de desvanecerse, no fue sino un presagio de lo que habría de ocurrir.

Capítulo decimoséptimo

L<small>A</small> noche del 4 de agosto recibí la visita más inesperada de mi vida. Desde momentos antes, la alarma había cundido por las habitaciones, pues se decía que una epidemia mortal se había llevado ya a cinco hombres del Alcázar.

A las tres de la mañana se oyeron varios aldabonazos y el correr y descorrer de los cerrojos de las puertas que comunicaban las dependencias reales con las de los criados.

Asomados a los balcones vimos una comitiva que recorrió el patio con hachones encendidos en la que parecía ir el médico de Su Majestad, don Vicente Moles. Dos horas más tarde volvieron a oírse los aldabonazos y otra vez los rumores, pero en esta ocasión la comitiva de las luces se adentró por el corredor de los criados y avanzó hacia nuestras dependencias. Sorprendido, vi que la claridad de los hachones se detenía en mi misma habitación y, antes de que pudiese incorporarme, asustado, oí con tal destemplanza los aldabonazos en mi puerta que me eché a temblar.

Salté de la cama y abrí. Los del cortejo me miraban boquiabiertos, extrañados al ver quién les abría.

–¿Nicolás Pertusato? –preguntaron.

–Si no lo fuera, habría de mandaros al infierno por despertarme a estas horas.

–Lamento no conoceros, señor.

–Está bien, decid: ¿qué deseáis?

–Tenemos órdenes de acompañaros a la Casa del Tesoro. Don Diego Velázquez ha solicitado vuestra presencia.

–¿Y no podemos esperar hasta mañana?

–Es urgente, señor.

Me di cuenta de que no sabía muy bien si llamarme señor, si andar con protocolos o si agarrarme del camisón y llevarme en volandas. Pero yo se lo aclaré.

–Esperad –y de un portazo cerré la puerta.

Cuando volví a salir, lo hice con mi gorra de terciopelo negro. Por nada del mundo estaba dispuesto a asistir a ninguna audiencia vestido de cualquier manera.

Al verme tan compuesto, el emisario se colocó a un lado y, con dos criados delante que iban iluminando el camino, nos dirigimos a la Casa del Tesoro.

Los sirvientes se abrieron paso con los hachones encendidos. Al cruzar los pasillos nos reflejamos por un momento en uno de los grandes espejos, y así vistos, en plena noche, más parecíamos la Santa Compaña en busca de sus ánimas. La luz de la luna, que caía a raudales sobre el patio, iluminaba las figuras con un fulgor trémulo e inusual.

En la Casa del Tesoro había un tumulto *sotto voce*. De cuando en cuando, algún lamento rompía el silencio contenido. Las dueñas permanecían en el dintel de la cocina con los fogones encendidos, a la espera de que solicitasen sus servicios.

Al llegar observé que todos me miraban, incluso alguno de los asistentes se puso en pie al verme entrar acompañado por aquella comitiva, como si esperase de mí algún auxilio desconocido.

Yo ignoraba por qué se me llamaba con tal urgencia. Al fondo, en el gabinete, vi también a don Pedro Chávarri, otro médico de Su Majestad, que hablaba con doña Juana. Me dirigí a ellos. El médico se volvió al verme, como si le desagradase mi presencia. Cuando una vida se le iba de las manos, detestaba cualquier intromisión que pudiera poner en duda su ciencia.

–Don Diego te ha llamado –dijo doña Juana–. Está muy grave, Nicolasillo, y no quiere ver a nadie excepto a ti.

–¿Para qué quiere verme, señora?

–Tú sabrás, Nicolás. Nunca supe qué os traíais entre manos mi marido y tú. Pero como es su deseo, no quiero contradecirlo, aunque bien que me gustaría.

Noté el malestar de sus palabras. La seguí a través del pasillo y subimos a la Bovedilla, donde se hallaba el dormitorio. Junto a la puerta entornada, a la espera, estaba Juan Pareja con Bautista del Mazo, el yerno de Velázquez.

–Ah, ya estás aquí –dijo Pareja al verme–. No te has dado mucha prisa. El maestro no deja de llamarte.

–He venido tan pronto como me han avisado –repliqué.

Penetré en la estancia, acompañado de doña Juana. Había en el ambiente un olor agrio y desagradable, mezcla de sudor y ungüentos. Las cortinas estaban entornadas. El rostro de don Diego parecía de mármol, con unas enormes ojeras y la cabellera a crenchas, húmedas por el sudor.

–Don Diego –le dije–. Ya estoy aquí, ¿en qué puedo serviros?

Al oírme, el pintor se incorporó enervado en el lecho y me buscó con los ojos. Tenía en la mesa un reloj de oro que jamás le había visto.

—¿Eres tú, Nicolás? Ven acá. No hay tiempo que perder. Por favor, Juana, salid mientras hablo con Nicolasillo.

Juana clavó sus ojos en mí, ofendida por aquella predilección. Pero, aun así, salió sin rechistar.

—Acércate más, Nicolás. Apenas tengo fuerzas para hablar. Pero quiero que oigas perfectamente lo que voy a decirte, y te ruego que cumplas lo que te pido, por el amor de Dios.

—Señor, pedid lo que queráis: soy vuestro servidor. Siempre lo he sido, a pesar de vuestra lejanía.

—No, Nicolás, no es como servidor como quiero que me escuches, sino como amigo. Por qué acudo a ti, ahora lo entenderás. Si en un momento te aparté de mi lado fue porque no quería que siguieras mi misma suerte.

—No os entiendo, señor, pero pedid lo que queráis. No quiero torcer ninguno de vuestros deseos. Estoy a vuestra disposición. Además, siempre me hacéis un honor hablándome así, como a un hombre.

—Está bien, Nicolás, escucha con atención. ¿Recuerdas el cuadro de la familia del Rey en el que te pinté?

—¿Cómo habría de olvidarlo, señor?

—Quiero que pintes en ese cuadro, sobre mi pecho, la Cruz de Santiago.

—Señor, no lo diréis en serio. Apenas sé coger los pinceles. Si lo hiciese, el Rey me cortaría la cabeza.

—No me repliques, Nicolás, apenas tengo tiempo. Yo pinté ese cuadro y tengo autoridad para cambiarlo. En cuanto a la cruz, el Rey me concedió la Orden y puedo hacer uso de ella.

—¿Tanto os importa ese honor en estos momentos?

–No te hablo de este momento ni de honor. Te hablo de mi alma y de la eternidad.

Cuando respiraba mostraba una gran agitación, por lo que pensé que era mejor no contradecirle.

–Nicolás, ¿te acuerdas de cómo pinté aquel cuadro?

–¿No habría de recordarlo, señor? Yo os vi pintarlo.

–¿Recuerdas a Nerval?

–Aunque viviera cien años no lo olvidaría. Me salvó de un entuerto y me hizo perder vuestra amistad.

–No la perdiste, Nicolás. ¿Sabías quién era?

–No quise saberlo, señor.

–Sí lo sabes, o al menos lo sospechas. Y no te engañas.

–Señor, no quisiera volver a pensar en ello. Si he de pintar esa cruz, sea, pero no volváis a hablarme de aquellos días, ni de aquel hombre.

–Escúchame: yo pacté con aquel hombre algo terrible. Le entregué mi alma a cambio del cuadro que siempre soñé pintar. Si lograba poner ante mí ese instante en que el tiempo se detuviese para siempre, ese instante que instaurase una eternidad, yo le pagaría con mi alma.

–¿Y queréis ahora que yo lo estropee poniendo mi mano sobre él?

–En ello me va la salvación eterna. Con la cruz que tú pintarás, ese ingenio quedaría santificado para siempre y mi pacto roto para la eternidad. Todo será otra vez de Dios. Y quiero que seas tú, Nicolás, quien me ayudes a hacerlo, para apaciguar también mi conciencia por haberte metido en esto.

–Señor, sabéis que esas cosas me dan miedo.

–Lo sé, Nicolás, pero ¿a quién sino a ti puedo pedírselo? Eres el único que, conmigo, conoces el origen de ese cuadro.

–Yo no sé nada, señor. Y porque nada sé, tal vez pueda ayudaros. Pero no se me alcanza cómo lograré llegar hasta el cuarto bajo de Su Majestad, donde se halla colgado el cuadro.

Hizo un esfuerzo entonces por incorporarse en el lecho y señaló un escritorio que se hallaba tras de mí.

–Abre el cajón de la derecha y toma mi llave de aposentador. Con ella podrás abrir cualquier puerta de palacio.

Consideré si debía hacerlo o no, pero la insistencia con que me lo rogaba me decidió. Abrí el cajoncillo y hallé, en efecto, la llave.

–Dos días después de mi muerte vendrán a recogerla, así que debes darte prisa, Nicolás; pero escucha aún: quiero que uses la pintura que guardo en el cofrecillo de la cruz que está en el Obrador. La pintura que hay en ese tarro la he bendecido.

–Señor, esto comienza a darme miedo. No sé si sabré cumplir vuestro deseo.

–Sabrás, Nicolás. Tienes que prometérmelo.

Era tal la súplica de su mirada que no pude resistirme.

–Está bien, os lo prometo.

–Dios te lo premiará. Ahora, creo que no me importa morir.

–No habléis de morir, señor. Y estad seguro de que veréis vuestro cuadro con la cruz en el pecho.

–Espero verlo. Pero no desde aquí.

Después de estas palabras, se echó sobre el almohadón y dejó descansar otra vez la cabeza.

–Cuando salgas dile a Juana que entre.

Me puse en pie y lo miré por última vez. Temía no volver a verlo vivo y sentí una tremenda congoja.

En el vestíbulo, todos aguardaban a que saliera, con las caras expectantes, como si esperasen alguna explicación de mí ante aquella intempestiva llamada. Al ver que no me dejaban continuar, no tuve más remedio que mentir:

–Creo que ha perdido el juicio –dije–. Durante todo el tiempo no ha dejado de hablarme del cuadro en el que me pintó.

Todos aceptaron mi explicación, que les confirmaba que antes que a mí, si hubiera estado en su sano juicio, Velázquez habría llamado a cualquiera de ellos. Sólo Juan Pareja, su discípulo amado, no me creyó y, cuando salí fuera, me siguió al patio y me cogió del brazo:

–Nicolasillo, a mí sí vas a decirme qué te dijo el maestro.

–Ya lo sabéis, Juan, cosas de pintores.

Capítulo decimoctavo

No esperó Pareja ni siquiera a que se hiciese el día, sino que esa misma noche acudió a mi estancia, resuelto a que le confiara mi secreto. Desde que le vi aparecer con los ojos vivos y curiosos que le caracterizaban, supe que sería él quien pintaría la cruz en el cuadro. Todo lo que había que hacer era tocarle su amor propio. Ningún esclavo que ha sido tenido más por amigo que por sirviente, y a quien el mismo señor ha manumitido elevándolo a la dignidad de los hombres libres, podría negarse a cumplir la voluntad que en el lecho de muerte ha dejado expresada quien tanto bien le hizo.

–Nicolasillo, cuéntame de una vez lo que te dijo Velázquez. La muerte no se hará esperar y, antes de que llegue, quisiera estar lo más cerca posible del maestro. Sabes que le amo tanto o más que tú, y que todo lo que soy a él se lo debo.

La lengua de Pareja era siempre la de su corazón, y sus ojos, traslúcidos para quien supiera mirarlos, expresaban la ansiedad y congoja de quien sabe que algo que le atañe se le oculta.

Preparé, pues, su corazón, y en cuanto le vi sin defensa, le conté lo que me había dicho Velázquez en mi entrevista y le hice ver que nada más diabólico que el que yo pusiese mis manos sobre aquel cuadro. Y que evitarlo dependía sólo de él.

Pareja se descompuso al oír mi confidencia. Más impresionable de lo que yo esperaba, sólo sabía decir:

—Ya sabía yo que ese Nerval nos traería problemas.

Durante un buen rato se quedó pensativo, intentando ordenar sus ideas y los recuerdos de los meses en que Velázquez le prohibió entrar en el Obrador. En silencio, intentaba encajar las piezas del rompecabezas que poco a poco parecía organizar. Finalmente dijo:

—No te creo, Nicolasillo del demonio.

—En ese caso, lo haré yo solo —concluí tajante—. Lo he prometido y por nada del mundo dejaría de cumplir la palabra que he empeñado, aunque ello me cueste mi puesto en palacio.

—No te atreverás a tanto.

—Esperad a verlo. Pero no olvidéis, Juan, que fuisteis vos quien pudo impedir que mi torpe mano se posara sobre el lienzo.

—¿Y si te denunciara?

—¡Maldita sea! ¿Es que volvéis a vuestro espíritu de esclavo? Haced lo que os plazca, yo haré lo que debo.

—Aguarda un momento —dijo Pareja, mitad convencido, mitad temeroso de que aquello fuese verdad—. Se lo preguntaré al maestro.

—No puedo esperar. Tengo que hacerlo antes de que muera. Además, si no os llamó teniéndoos en la antecámara, será porque no deseaba decíroslo.

Le vi aún dubitativo, yendo de un lado a otro de la habitación. Entonces le mostré la llave que me había dado Velázquez. Al verla en mi mano se puso furioso consigo mismo, como si aquella evidencia no le dejase escapatoria.

–Está bien –aceptó por fin–. Si todo lo que me has dicho responde a la verdad, deberíamos encontrar en el Obrador el cofre con la pintura que dices debemos emplear.

–Sólo con esa condición me he comprometido. Creedme, Juan, a mí también me gustaría que esto no fuera verdad.

–Sea lo que dices, Nicolasillo. Y que Dios nos coja confesados.

Capítulo decimonoveno

AL día siguiente, y en cuanto vimos la ocasión, decidimos entrar en el taller. Los postigos se hallaban cerrados. Al abrirlos, la luz del exterior inundó el Obrador. Nunca he sentido como entonces la vida íntima de las cosas. Los lienzos inacabados parecían pedir a gritos la mano que concluyese su existencia definitiva. Los pinceles, la paleta, los tarros de pigmentos, el maniquí de madera, todo aquello que estaba sujeto a la voluntad de su dueño y que por su decisión adquiría dinamismo, mostraba ahora la rotunda quietud de las cosas muertas.

Pareja delataba tal nerviosismo que hacía que nuestra presencia allí pareciese un allanamiento reprobable. Invadido por la melancolía, dejé que mi memoria reavivara mis encuentros con el maestro en aquella habitación y las palabras tan vivas que aún parecían sostenerse en el aire. Por fin, Pareja me instó a salir de mi ensimismamiento.

–No te entretengas. Veamos si es verdad lo que dices y salgamos de aquí cuanto antes.

La indicación que Velázquez me había dado era la de un cofre con una cruz. La primera inspección resultó infructuosa y, por un momento, creí que todo había sido producto del delirio en que el maestro había entrado en su agonía. Pareja me miró como quien fulmina a un mentiroso enredador.

–Esperad –dije, buscando una última oportunidad–, tal vez en aquella arqueta –y señalé tras unos lienzos que casi la ocultaban a nuestros ojos.

Pareja se dirigió a ella e intentó quitar la aldabilla que la cerraba, pero puso tal nerviosismo y violencia en la acción que hizo saltar la lengüeta y el herraje.

Entonces me miró, con sus ojos abiertos, grandes, desmesurados: en el interior había un tarrito lacrado y, junto a él, un pincel y un pergamino minuciosamente enrollado con una cinta roja a su alrededor.

Pareja tomó el tarro entre sus manos, se dirigió al banco donde Velázquez tenía los utensilios y con un buril hendió cuidadosamente el lacre. No llegó a romperlo del todo, sólo se quebró una pequeña lasca. El punzón se hundió en el tarro y, al extraerlo, la punta apareció manchada de pintura roja.

Pareja volvió a mirarme, incapaz de pronunciar palabra.

–Como veis, no miento –respondí a su mirada.

Volvimos al cofre y Pareja tomó el pincel y se lo guardó junto con el tarro bajo el jubón, bien sujetos con el cinto que le rodeaba la cintura.

–Está bien, vámonos de aquí.

Pareja dudó si debíamos leerlo, pero yo no le di tiempo a reaccionar, lo cogí y, tras quitarle la cinta que lo ataba, lo desenrollé. En él había pintada una cruz, y al pie de ella estas palabras: «DIOS ES AMOR.»

–Permitidme guardarlo –solicité a Pareja, que, con la llave en una mano y la otra en el pomo de la puerta, deseaba salir de allí cuanto antes.

–Haz lo que quieras. Pero marchémonos de una vez.

Juntos salimos del Obrador. Cuando alcanzamos el patio central divisamos un grupo de mujeres. Entre ellas iba Maribárbola, que al verme se acercó.

–¿Sabes que Velázquez está muy grave? –dijo al llegar a nosotros.

–Sí, Bárbara, por eso ando con Pareja, su amigo también, los dos condolidos.

–Nosotras vamos a su casa. Creo que tú también deberías estar cerca de él en estos momentos. Ningún pintor, Nicolás, dará a los que son como nosotros el amor que él nos ha profesado.

–Así lo haré, Bárbara, en cuanto acabe un asunto que tengo entre manos.

–Siempre tienes demasiados asuntos entre manos, Nicolasillo.

–No te preocupes; nos veremos allí, Barbarica.

Capítulo vigésimo

No era fácil acceder al cuarto bajo de Su Majestad, donde se hallaba colocado el cuadro de nuestros desvelos. Sólo al anochecer, cuando todos se retiraban a las estancias interiores, era posible llegar hasta allí sin levantar sospechas; y aunque, a decir verdad, yo tenía bastante franquía para entrar y salir por cualesquiera de las dependencias de palacio, prefería en esta ocasión que nadie me viera.

Caída ya la noche y bajo el ojo blanco de la luna, nos encaminamos hacia allá, no sin antes proveernos de la llave maestra y de una linterna con la que sería necesario iluminarnos mientras durase nuestra misión. Pareja, debajo de su jubón, llevaba el tarrito de pintura que, en la tranquilidad de su casa, había abierto y agitado para que los pigmentos se diluyeran y cobrasen la fluidez oleaginosa necesaria para servir a su pincel.

Por el camino apenas hablamos, mudos por la tensión que interiormente nos aherrojaba, procurando que nada delatase nuestras intenciones. Por si la desgracia venía a sorprendernos con una visita inesperada, yo había tramado el ardid de disculparnos diciendo que el dolor y el sentimiento mío y, sobre todo, de Pareja, su fiel sirviente, nos habían movido a contemplar por última vez en el lienzo el rostro vivísimo de quien la muerte nos arrebataba de este mundo.

Fuera como fuese, lo cierto es que, a medida que avanzábamos, nuestros nervios parecían destemplarse y Pareja iba adquiriendo una mayor palidez en su rostro, tan inusual en quien por mulato más tiraba a oscuro.

Al entrar en los corredores que daban al despacho, la soledad, unida a los juegos de sombras que la luz de la luna proyectaba con nuestras figuras, hicieron detenerse a mi acompañante, quien, mirándome con ojos desorbitados y sin decir nada, parecía rendirse al miedo. A un paso de la sala, no tuve pues más argumento que el de darle un empellón, sacarlo de su aturdimiento y ponerlo frente a la puerta de la estancia. Nos cercioramos de que nadie transitaba por allí a esas horas.

–Vamos, Pareja, ahora o nunca.

Y, sin tomar en cuenta la parálisis que le había sobrevenido, abrí la puerta y le empujé dentro.

Inmediatamente cerré los postigos del ventanal para que en el exterior la luz no anunciase nuestra presencia. Levanté un poco la mecha y, aunque no era lo suficientemente grande para iluminar la habitación, su luz expandió un halo anaranjado e hizo aparecer ante nuestros ojos el cuadro y, en él, el rostro, cien veces sería poco decirlo, sereno, profundo, inteligente, pleno de nobleza de quien con seguridad esperaba nuestro gesto con ardiente impaciencia en el linde de la vida.

Pareja se santiguó, como si se protegiese con un escudo divino, y yo hice lo propio.

–Bendito sea Dios –dijo Pareja nada más ver a Velázquez en el lienzo–. ¿Y que sea yo quien se resiste a llevar a
cabo su última voluntad?

Aquellas palabras, como si trocasen su miedo en fortaleza y resolución, provocaron tal cambio en su ánimo
que, sin que yo hubiera de decir nada más, sacó el bote de
pintura, destapó la embocadura cerrada ahora con un paño
al que había atado un cañamazo y, tomando el pincel en su
mano, a modo de tiento, comenzó a fijar su mirada en el pecho del pintor desde distintos ángulos y distancias.

–Trae acá el pergamino –dijo.

Yo lo extraje de mi pecho y lo coloqué junto a Pareja.
Éste fijó durante un momento sus ojos en la cruz de Santiago que había dibujado el maestro. Midió con la punta del
pincel los extremos, el lugar de la intersección y, memori-
zando las dimensiones, volvió a mirar la figura del cuadro.

–Nicolás, ven aquí –dijo con una resolución que en
mí comenzaba a faltar–. Acerquemos esa mesa al cuadro.

En efecto, aunque el lienzo no estaba colocado muy
alto, no era suficiente la altura de Pareja para alcanzar a posar con seguridad el pincel sobre él.

Arrimamos la mesa. Subióse Pareja sobre ella y desde allí me pidió que le diese la pintura y el pincel.

–Trae acá la luz.

Tomé la linterna, me coloqué debajo de él y aún hube
de subirme en un escabel para que mi mano pudiese acercar
el foco de luz al pecho de Velázquez. Asentó Juan las piernas y, cuando creyó tener el equilibrio suficiente, introdujo
el pincel en el tarro y con un pulso firmísimo y la pericia de
quien había aprendido junto al más grande, lanzó un trazo
decidido de arriba abajo.

–Dios es amor –dijo a la vez, repitiendo las palabras
del pergamino.

El trazo resplandeció ante mis ojos como una herida abierta en el mismo pecho de Velázquez. Permaneció mi amigo por unos segundos cerciorándose de que su mano había respondido sin quiebra a su intención. Solicitó de nuevo el pergamino y, tras observarlo, introdujo otra vez el pincel y con la punta levemente empapada trazó, despacio ahora, pero con la misma resolución, una línea fina de izquierda a derecha.

En ese mismo instante ocurrió algo que aún hoy me atemoriza cuando lo rememoro: un golpe de viento, como si una inmensa boca soplase desde el cuadro, nos golpeó en el rostro y se llevó la luz.

No sé si aquel trance duró mucho o poco, pero a mí me pareció un siglo hasta que volví a oír la voz de Pareja.

–Nicolás, por todos los santos, ¿qué te ha pasado? ¡Enciende la linterna!

Yo no sabía dónde atender ni dónde buscar lumbre. Como pude, tropezando, salí al encuentro de alguna luz y, sin cuidar esta vez de si alguien me observaba o no, corrí hasta donde hallé una lámpara y volví con una llama como si el mismísimo·diablo me persiguiese.

Cuando iluminé de nuevo la estancia, Pareja estaba inmóvil, en el mismo lugar en que le había dejado, trémulo, pero firmemente decidido a no apartarse de allí hasta acabar su labor. Volví a levantar la linterna y me coloqué, temblándome el pulso, a su lado. Miró nuevamente el pergamino y con una maestría inigualable pintó en la parte superior un corazón invertido como lengua de fuego y, después, a ambos lados de la línea horizontal, dos mínimas curvas, como sarmientillos que le naciesen en los brazos. Volvió a mirar, dio una pincelada más y sin dudarlo dijo:

–Ya está. Que sea lo que Dios quiera –y saltó abajo.

Juntos retiramos la mesa y, ya cerca de la puerta, Pareja me pidió que alzara la luz y echó una última mirada al cuadro. Fue entonces cuando nos pareció observar un resplandor que procedía del lienzo. Después, el rostro de Nerval se iluminó y, a continuación, ante nuestro asombro, fue perdiendo la nitidez de sus rasgos hasta quedar desfigurado, sin poder reconocérsele. Permanecimos inmóviles, aturdidos, creyendo que todo el cuadro iba a disiparse, pero al instante se detuvo toda la transfiguración.

Cuando Pareja me zamarreó, me di cuenta de que estaba embobado. Me asió del brazo, sopló sobre la linterna, apagó la llama y, tirando de mí, me hizo salir del despacho. En un rincón y sin dejar de apretarme, hasta casi hacerme daño, me hizo prometerle que no diría nada de lo que habíamos visto. Después se perdió en la oscuridad, y yo me encaminé otra vez a casa de Velázquez con la intención de soltar cuanto antes la llave maestra que ya me iba quemando entre las manos.

Capítulo vigésimo primero

PASADA la medianoche volví a entrar en la casa de Velázquez. Hice todo lo posible por ver al maestro, con la intención de advertirle que su deseo ya se había cumplido. Pero por más que lo intenté, no me dejaron verle, dado que su estado era ya muy grave.

Sin saber muy bien qué hacer ni qué decir, me puse al servicio de doña Juana para lo que quisiese. Permanecí sin dormir toda la noche, pues el nerviosismo entre los allegados se hacía cada vez mayor. El estado de don Diego no parecía ceder a la virulencia del mal, que en aquellas horas le había hecho ya perder la conciencia. Todos, al verlo y recordar la muerte del pintor italiano dos días antes, pensaban que alguna epidemia asolaba aquella casa.

Entrada la mañana, volví a ser requerido en la estancia de Velázquez. Esta vez era el médico de Su Majestad, don Pedro Chávarri, quien me llamaba. Mientras el médico escribía sobre un bufete, con disimulo dejé yo la llave maestra sobre una mesita, claramente visible, para que la recogiesen. Desde allí pude ver al maestro de nuevo. Tenía los ojos cerrados y su semblante reflejaba ahora una paz que a todos extrañó. Doña Juana lloraba a su lado con la mano asida a la suya. El doctor Chávarri me entregó el papel que escribía y me ordenó que lo llevase inmediatamente al doctor don Miguel de Alba, por si éste tenía a bien prescribir algún medicamento distinto.

Salí con toda presteza, crucé el patio central y corrí a la otra ala del Alcázar, donde se hallaban las dependencias de los médicos. Cualquier otro criado, iletrado como la mayoría, no hubiese pensado siquiera en mirar aquel papel, pero yo tenía la costumbre de leer cuanto caía en mis manos, osadía ésta en la que también fui aleccionado por mi padrino, pues era del parecer de que quien conoce los signos de los papeles, conoce el porvenir de los hombres.

Aproveché un recodo y desdoblé la misiva. Leí con presteza: «Terciana sincopal.» Aunque no entendí el significado, deduje que se trataba de un diagnóstico. Pero fue el gesto frío y a la vez descompuesto de don Miguel lo que me hizo entender la gravedad del mismo.

El médico chasqueó la lengua y movió la cabeza contrariado. Retiró las lentes de sus ojos y llevándose los dedos al nacimiento de su nariz indicó:

—Ve tú delante y dile a don Pedro que ahora me acerco. Que si es posible, abunde en los líquidos.

Salí de la habitación y corrí de nuevo con la velocidad que imponía un mensaje tan extremado.

En la casa había un gran silencio. Temiendo lo peor, me acerqué a un grupo que se hallaba en el piso bajo. Me dijeron que acababa de llegar don Alfonso Pérez de Guzmán, Patriarca de las Indias, y que en ese momento se hallaba en la alcoba administrando la extremaunción al pintor.

Busqué al médico y le comuniqué el aviso de su colega.

–Ya no es necesario –dijo Chávarri.

Cuando salió su Ilustrísima, todos pusimos rodilla en tierra. Éste se acercó a doña Juana y le dio la bendición.

Tras su marcha, se hizo un silencio sepulcral, doloroso, que sólo se rompió cuando a las dos de la tarde se oyó el llanto estremecedor de doña Juana. Los asistentes nos miramos y no nos movimos de nuestro sitio. Al instante, Juan Bautista, su yerno, con el semblante arrasado de dolor abrió las puertas de la estancia, dio unos pasos hacia nosotros y, con la fortaleza que le era habitual, aunque con una voz quebrada por la pena, dijo:

–Don Diego ha muerto.

Todos agacharon la cabeza, como si temiesen que la guadaña definitiva pudiese alcanzar a alguno más. Sólo yo la mantuve enhiesta, buscando con los ojos otros ojos, que por fin se alzaron y se encontraron con los míos. Eran los de Pareja. La luz de su mirada mostraba un brillo extraño, equívoco, que bien podía ser preludio de la risa o del llanto. A un gesto suyo, sin llamar la atención, salimos los dos de la estancia.

Capítulo vigésimo segundo

Regresamos al atardecer, junto a otros allegados que se iban incorporando al velatorio. Al entrar vi a Maribárbola, sentada en el estrado, con los ojos abrasados de llorar.

Para entonces habían enlutado la sala y vestido al difunto con el atuendo de la Orden de Santiago, como era habitual entre los pertenecientes a ella. Después le colocaron sobre la cama y a ambos lados de ésta situaron los hachones que, a modo de luz sagrada, iluminan el tránsito a la otra vida.

En ningún momento dejaron de entrar y salir los deudos, que se acercaban a presentar su pésame a los familiares, bien por el dolor que les causaba la pérdida, o incluso por la curiosidad de ver el cuerpo, ya sin hálito, de quien con su espíritu iluminó las más grandes obras que jamás vieron ojos humanos en el arte de la pintura.

Sobre el pecho del difunto resplandecía la insignia de la Orden de Santiago, como si el corazón palpitante se le trasluciese.

A un lado, llamó mi atención la presencia de su discípulo, Juan de Alfaro, que con un carboncillo dibujaba el
rostro ya definitivo del maestro. Me acerqué a observarlo.
El artista me miró cuando estuve junto a él. En el papel, el
rostro de Velázquez, de medio perfil, con la larga cabellera
a un lado, esplendía una profunda paz arcangélica: los ojos,
como si durmiera, y la boca, mínimamente entreabierta, dejando entrever los dientes.

—Nicolasillo, tú que le conociste tan de cerca, ¿crees
que soy justo con la imagen del maestro?

—Señor —le dije—, creo que es él quien os guía la
mano desde el cielo.

Alfaro esbozó una sonrisa al oír mis palabras.

Llegada la noche, trasladaron el cadáver a un ataúd.
La tristeza había invadido la casa de tal forma que el ambiente se había hecho asfixiante y hasta lóbrego. A la luz de
la velas, el rostro del difunto se desdibujaba con los ama-
gos de las llamas, mientras un fraile mercedario rezaba el
rosario junto a su cuerpo.

En el estrado de la planta baja, varios hombres conver-
saban entre sí. Fue entonces cuando oí por vez primera el pe-
regrino rumor que no tardó muchos días en extenderse. Decían
los que hablaban que una cruz había aparecido inexplicable-
mente sobre el pecho de Velázquez en el cuadro grande de la
Familia, y que tal vez era el mismo Rey quien la había pintado
de su propia mano, en consideración a sus servicios.

Aquellas palabras turbaron mi ánimo y, sabiendo
como sabía el origen de la cruz, busqué de inmediato a Pareja para ponerle sobre aviso de lo que se decía. Juan se incomodó porque le hablara en aquel lugar y, llevándome a
un aparte, me tomó de la mano y me hizo prometerle que
dijeran lo que dijeran y viese lo que viese, habíamos prometido no hablar nunca más de aquello.

Intenté tranquilizarle, animándole a que tuviese confianza y apartara de una vez por todas la inquietud y el remordimiento que en el fondo no le abandonaban. Al fin y al cabo, no habíamos hecho otra cosa que cumplir una última voluntad.

Cuando el fraile mercedario acabó los rezos, cerraron el féretro. Nos dispusimos entonces para iniciar la marcha hacia la parroquia de San Juan Bautista, donde habíamos de darle eterna sepultura.

Al salir, el cielo había tomado ya los tintes morados del anochecer. Los murciélagos del verano cruzaban el cielo vertiginosamente, en un orden que dejaba un misterio de signos en el aire. Algunos hombres al vernos pasar se arrodillaban, mientras que otros se volvían de espaldas temerosos de que la muerte pudiese tocarlos también a ellos.

Avanzando por las calles de Madrid, el cortejo tenía un aire espectral. El cielo, oscurecido definitivamente, obligó a encender los ciriales que portaban los acólitos junto al féretro, y sus llamas expandieron en nuestro derredor un aura anaranjada, capaz de herir con su tristeza.

En medio de todo esto, vino a mi mente el recuerdo del cuadro que ahora andaba en boca de todos: ese navío en el que un grupo de hombres, acompañados por un perro, habíamos zarpado hacia la eternidad. Recordé las palabras de Velázquez: «una clepsidra en la que detendré el tiempo». Ahora sí sabía qué significaba esa palabra, y pensé que, tal vez, lo había logrado.

Llegados a la iglesia, se iniciaron los cantos con gran solemnidad y una música grave inundó todo el aire. Varios caballeros salieron a recibir el féretro y lo llevaron hasta el túmulo. Cuando me acercaba, noté que alguien se colocaba junto a mí y me tomaba de la mano. Al sentir su anillo presionando mi palma, reconocí inmediatamente la misma sensación que un día ya muy lejano atravesó mi piel. Levanté la cara y vi al hombre que años atrás fuera a sacarme de mi casa. Era Del Castillo: sus facciones, la cabellera larga, la indumentaria extravagante, el gesto amanerado... permanecían indelebles en mi memoria.

–¿Vos por aquí? –dije con una inexplicable alegría.

–Por lo que veo, no habéis crecido, Nicolino. Quizá vuestro padre llevase razón y necesitéis aún aquellos zuecos.

Le sonreí sin contestar. En mi interior pensé que todos estaban ciegos. Y que yo sí había crecido, había crecido tanto que, aunque ninguno lo viese, era capaz de tocar el cielo.

Capítulo vigésimo tercero

AHORA, cuando estoy a punto de poner fin a esta relación y no han transcurrido aún ni ocho días desde la muerte de Velázquez, un nuevo suceso ha venido a conmoverme.

Esta mañana, como un heraldo, Maribárbola me ha traído la noticia de que doña Juana, la esposa de Velázquez, también ha muerto. Cuando me lo cuenta tiene aún el susto en los ojos, pues todos creen que una enfermedad contagiosa nos ha entrado por las puertas de palacio.

Lo he dejado todo y he acudido a mostrar mi pesar a los familiares. Al llegar, ante mi sorpresa, don Juan Bautista del Mazo, su yerno, llevándome a un aparte, me ha entregado un pliego doblado y lacrado en su extremo.

–Nicolasillo –me ha dicho–, fue voluntad de don Diego que te hiciera llegar esto.

Me he quedado perplejo, sin atreverme a alzar la mano. Don Juan Bautista me ha mirado con sorpresa y afecto y, al ver mi emoción, me ha animado a cogerlo, insistiendo en que era deseo de su suegro que yo lo tuviese.

Con unción, casi temblando, como quien recibe un mensaje de la otra vida, he tomado el pliego. He dudado si abrirlo allí mismo, pero don Juan Bautista, al ver mi azoramiento, me ha aconsejado que lo hiciera más tarde, cuando estuviese a solas.

Los rezos han durado toda la noche y yo no me he movido del lado de los dolientes en todo este tiempo. Estoy asustado. Parece que la muerte se ha empeñado en llamar al mismo tiempo a todos los que quiero.

A medianoche he dejado la casa y regresado a mi alcoba. Al cruzar el patio, tan inmenso y solitario a estas horas, he vuelto a sentir el latigazo de aquella soledad hirviente de mis primeros días en el Alcázar. Camino apretando el papel en mi mano, como quien lleva un tesoro que teme perder. Cuando llego a mi alcoba, busco una vela encendida. Bajo su luz, leo despacio la letra precisa del maestro:

«Entréguese a Nicolasillo Pertusato.»

Procuro romper el lacre sin demasiado estropicio. Y abro el pliego:

¡Dios mío, qué es esto! Dibujado en el papel hay un sol de rostro humano, orondo y alegre. Y debajo, escritas, estas palabras:

«Páguese con este dibujo a Nicolasillo Pertusato la deuda contraída. Y fíjese bien que en el libro del Dante que tanto gusta, también se dice *Sperent in Te.*»

La luz de la vela hace que todo cobre una dudosa realidad. ¿Por qué ese sol sonriente? ¿Qué pago merezco yo? Como un puñal de luz y niebla, las palabras escritas me atraviesan, confundiéndome: «Que esperen en Ti.» ¿Por qué me dice eso?

Hasta el amanecer he buscado los versos a los que se refiere. Tengo los ojos nublados por el cansancio, pero al fin los he hallado en el «Paraíso»: «Que esperen en Ti los que conocen tu nombre.» He ahí el mensaje completo. Ahora creo entenderlo. ¿No son estas palabras, acaso, un escudo para salvarme de aquellas otras, «Abandonad toda esperanza», que yo tanto gustaba de repetir?

Recuerdo que, en una ocasión, Velázquez me rogó que no volviera a pronunciarlas, que las olvidara para siempre, y voy a hacerlo. Además, he decidido dibujar un sol con nueve rayos, y hacer nacer en cada uno de sus extremos una letra hasta decir *Spero in Te*. Y, en adelante, haré de esto mi emblema, porque sé que la esperanza es como la luz del sol, que todo lo ilumina, y sin ella ningún camino puede emprenderse.

Debo acabar.

Por mis cálculos, vengo a cumplir en estos días la edad de diecisiete años.

Epílogo

1 *Velázquez*	5 *Marcela de Ulloa*	9 Moisés
2 *Mariana de Austria*	6 *Nerval*	10 *Isabel de Velasco*
3 *Felipe IV*	7 *Maribárbola*	11 *Infanta Margarita*
4 *José Nieto*	8 *Nicolás Pertusato*	12 *María Agustina Sarmiento*

En 1724, cercano aún a los hechos que se relatan en esta historia, Antonio Acisclo Palomino, autor de la primera descripción de *Las Meninas,* logró identificar a casi todos los personajes de este cuadro. Sólo dos incógnitas parecieron no hallar explicación: la identidad del hombre que se halla a la derecha, detrás de Maribárbola, y el autor de la Cruz de Santiago en el pecho de Velázquez. El tiempo, con su velo, ha sabido guardar celosamente hasta hoy el secreto.

Índice onomástico

ACEDO, Diego de: También llamado *el Primo*. Ingresó en palacio en 1635. Cuando le conoció Nicolás, debía de ser ya de avanzada edad y avezado en todas las intrigas de la corte. En su juventud contó con la protección del Conde Duque de Olivares, a quien salvó de un atentado interponiéndose entre éste y la bala de su asesino. Dicha protección le hizo poco menos que «intocable». Perteneció al servicio de la Estampa y Escritorio de Su Majestad. Tuvo fama de enamoradizo, lo que arrojó sobre él alguna que otra oscura leyenda.

AGUILAR, conde de: Uno de los muchos cazadotes que andaban por palacio, sin más quehacer que divertirse a costa de los demás. Casó con María Agustina Sarmiento, menina de la Reina, quien al poco enviudó, al decir de muchos, para gran fortuna suya.

FELIPE IV: Rey de España. Casó en 1615 con Isabel de Borbón y, tras la muerte de ésta y del príncipe Baltasar Carlos, volvió a contraer matrimonio con su sobrina, Mariana de Austria, que a la sazón contaba tan sólo quince años. Fruto de esta unión fue el nacimiento de la infanta Margarita. A pesar de sus buenas intenciones, la historia le colocó en un momento cuya gravedad excedió a sus fuerzas. Manifestó siempre gran amor por el arte y una predilección sin límites por su pintor de Cámara, a quien llegó a estimar no sólo como artista, sino también como hombre.

GUIJUELO, Francisca: Cocinera de palacio y, durante muchos años, aya de Nicolás. La presencia de esta aya, procedente de las cocinas, es inusual en la corte. Ya de anciana, padeció una rigidez en las articulaciones que le impedía atender a sus menesteres. Nicolás, por aquel entonces hombre influyente, logró internarla en el Hospital de las Cinco Llagas de Sevilla, evitando así verla abandonada a su suerte como otros criados inútiles. Se sabe que solicitó por carta, expresamente para ella, un frasco de mechoacán, una medicina que había de traerse de las Indias Occidentales y que no era administrada usualmente a los criados.

MANUELILLO: De los muchos niños que servían en palacio, las noticias de este Manuelillo nos llegan a través de Pertusato. Su mala fortuna le condujo a morir, con apenas trece años, en tierras de Flandes, por lo que ninguna otra voz de la historia lo menciona, excepto la del corazón del amigo.

MARIBÁRBOLA: Su nombre verdadero era Bárbara Asquín. De origen alemán, ya llevaba algunos años sirviendo en palacio antes de la llegada de Nicolás. Tuvo criada propia y recibió muchas y especiales mercedes de Su Majestad. Algunos la odiaban y temían por su acerada lengua, su ascendiente sobre la Reina y por el poco aguante con que soportaba cualquier agravio. Velázquez mantuvo siempre una afectuosa relación con ella y, tratándose de gusto, decía dejarse aconsejar por Barbarica. Por su mayor edad y prudencia, se arrogó afectuosamente la tutela de Nicolasillo y, en muchas ocasiones, hubo de mediar en su beneficio. Volvió a Alemania en 1700, tras la orden de Felipe V de desterrar de palacio a los enanos y bufones. Por esta fecha era la única superviviente, junto con Nicolás, de cuantos aparecen en *Las Meninas*. Tras su muerte, sólo éste le sobrevivió.

MOISÉS: Mastín que fue propiedad de Nicolás Pertusato. Llamado así, como se sabe, porque fue salvado de las aguas. Entre sus dotes poseía la de hallar cualquier objeto escondido por su amo y la de husmear la presencia de un mentiroso allí donde se hallase. Murió de viejo y fue enterrado en el Jardín de la Priora.

NERVAL: El más controvertido de los personajes de esta historia. Poseía la extraña peculiaridad de no permitir recordar su rostro, de forma que, quienes lo veían, no lograban después describirlo. Se desconocen los motivos de su aparición en palacio, así como la causa de su influencia. Cuantos le conocieron parecían detestarle. Por su habla parece ser de origen italiano.

NIETO, José: Aposentador mayor de palacio. Antes había sido jefe de tapicería de la Reina y guardadamas. Siempre sintió una gran animadversión por todos los bufones del Alcázar.

ORTIZ, Alonso: Maestro de los criados que esperaban acceder a la Cámara. Conocedor probablemente de Platón, se esforzaba no sólo en enseñar los protocolos de palacio, sino también en despertar en sus discípulos aquellas cualidades que, aunque ignoradas por ellos, él sabía descubrir en sus almas. Hizo ver a Nicolasillo la virtud que hay en combinar la memoria con la poesía y le estimuló en su aprendizaje. Tenía por suyos los logros de sus discípulos e inculcó siempre en aquellos que le escucharon una idea de la nobleza que más tenía que ver con el espíritu que con la hacienda.

PACHECO, Juana: Hija de Francisco Pacheco, renombrado pintor y teórico sevillano. Por su condición de hija y esposa de dos grandes artistas, nunca se valoró suficientemente su verdadera personalidad y su influencia en la obra de Velázquez. Conocedora del arte de la pintura, al decir de Nicolasillo, poseía tantas dotes como su marido. Tocaba el laúd como los ángeles y muchos de los libros hallados en la biblioteca de su casa fueron más de su uso que del pintor, quien se nutría del alimento intelectual previamente digerido por ella. En sus últimos años, tras los diversos viajes a Italia de su esposo, debió de perseguirle alguna sombra de amargura, pues los desvelos de Velázquez por las eternidades del alma y del cuerpo le mantuvieron alejado de la vida familiar. Se casó a los quince años y acompañó a su marido durante toda la travesía de su vida.

PAREJA, Juan: Hijo de esclavos procedentes de las Indias Occidentales, fue también, a su vez, esclavo de Velázquez. El afecto y la consideración entre ambos creció tanto que en 1650 obtuvo su carta de libertad en Roma. No obstante, permaneció siempre al lado del maestro. Estudió en secreto el arte de la pintura y llegó a ser un excelente artista. Entre sus sueños imposibles siempre estuvo el de recuperar el retrato que Velázquez le hiciera en Roma.

PERTUSATO, Nicolás: Natural de Alessandría de la Palla, en el Milanesado, ingresó en palacio en 1650. Tuvo en la Reina a su principal valedora. Poseyó siempre una extraña clarividencia que le hacía prever sucesos del futuro. Cuantos hombres llegaron a conocerle le describen como «dotado de una visión especial». A lo largo de su vida se halló en el centro de muchos extraños sucesos. En 1675 fue nombrado ayuda de Cámara, cargo inusual entre los de su condición, pasando desde entonces a ser llamado don Nicólás. Vio desaparecer a todos los que aparecieron con él en el cuadro de *Las Meninas,* y en más de una ocasión se le oyó decir que tenía prometida vida mientras viviese alguno de los que figuraban en el lienzo. Y, a la postre, así fue. Al final de sus días, llegó a poseer una importante fortuna que legó en testamento cerrado, para sorpresa de muchos, a una joven llamada Paula de Esquivias. Murió en 1710. Dejó ordenado que, tras su muerte, colocasen en su sepultura este epitafio: *Spero in Te.*

VELÁZQUEZ, Diego: De niño parecía ya encontrar en los pinceles su mejor juguete. En 1623 fue nombrado pintor del Rey. Sus logros en la pintura no necesitan ser recordados. En los años en que transcurre esta historia se hallaba inmerso en esa confrontación con la eternidad que es el cuadro de *Las Meninas.* En 1656 dio fin a la obra; sin embargo, hasta tres años más tarde y tras una ardua batalla no logró ver cumplido su sueño de ser nombrado Caballero. Esta diferencia de tres años entre la creación del cuadro y la obtención del título que le permitía usar el hábito con la Cruz de Santiago dan crédito a la confesión de Pertusato. Solía comentar que la pintura era sólo un tránsito hacia la luz.

Índice

En la serie *espejo de urania* encontrarás:

- Ciencia ficción y ciencia real
- Poesía de autores mexicanos y extranjeros
- Historias para enfrentar la vida

Lee y comenta con tus amigos los libros que te gusten.

Otros títulos que aparecen en esta serie:

De la serie **astrolabio** te recomendamos:

El misterio Velázquez
se imprimió en Gráficas Monte Albán, S.A. de C.V.
En el mes de diciembre de 2001.
El tiraje fue de 45 000 ejemplares
más sobrantes para reposición.